一水间 著

# 真好！这个时候遇见你

Wonderful to meet you

台海出版社

图书在版编目（CIP）数据

真好！这个时候遇见你 / 一水间著 .-- 北京：台
海出版社，2019.1

ISBN 978-7-5168-2207-4

Ⅰ．①真… Ⅱ．①一… Ⅲ．①故事—作品集—中国—
当代 Ⅳ．① I247.81

中国版本图书馆 CIP 数据核字（2019）第 001860 号

真好！这个时候遇见你

| | |
|---|---|
| 著　　　者：一水间 | |
| 责任编辑：俞滟荣　曹任云 | 装帧设计：璞茜设计 |
| 版式设计：京狮堂 | 责任印制：蔡　旭 |

出版发行：台海出版社

地　　　址：北京市东城区景山东街 20 号　邮政编码：100009

电　　　话：010-64041652（发行，邮购）

传　　　真：010-84045799（总编室）

网　　　址：www.taimeng.org.cn/thcbs/default.htm

E-mail：thcbs@126.com

经　　　销：全国各地新华书店

印　　　刷：北京君升印刷有限公司

本书如有破损、缺页、装订错误，请与本社联系调换

| | | | |
|---|---|---|---|
| 开　　本：880mm×1230mm | | 1/32 | |
| 字　　数：154 千字 | | 印　　张：8.5 | |
| 版　　次：2019 年 5 月第 1 版 | | 印　　次：2019 年 5 月第 1 次印刷 | |
| 书　　号：ISBN 978-7-5168-2207-4 | | | |
| 定　　价：38.00 元 | | | |

## 一生那么长，幸好遇见你

记不得是什么时候，偶然从杂志上看到仓央嘉措的一段话："好多年了，你一直在我伤口中幽居。我放下过天地，却从未放下过你，我生命中的千山万水，任你一一告别。世间事，除了生死，哪一件事不是闲事……"

他说的没错。这世间，除了生死，哪一桩不是闲事？

可我们到底不是圣人，没有那么高的境界。于是，在俗世的烟火中浮浮沉沉，为所谓的闲事喜怒哀乐，悲欢一生。

为了写这部短篇爱情集，我把自己想象成一个活了几百岁，思想却一直停留在少年时代的老妇人，我把自己当成一台电影播放机，一遍遍不厌其烦地上演着别人的悲欢离合、爱憎嗔喜，并为之乐此不疲。

在青葱少年时代，喜欢一个人真的只是刹那间的事，也许只是他的一个偶然回眸，并不怎么英俊的侧脸却惊艳了你；也许只是因为你不小心从他的白衬衫上闻到了皂角的清香；也许只是因为你在拥挤的公交车上，隔窗看到他背着大提琴安静地前行，好似和人群隔离的模样；也许是下雨时他打了一把透明的雨伞；也许只是因为，那天你情窦初开，而他刚好出现在你面前。

很快你便陷入了爱情，当然，不仅仅是爱情，也包括爱情之前的仰慕、暗恋，甚至相思。

如果你喜欢的人恰好也喜欢你，便是一件幸福而又幸运的事。然而，并非世间每个人都能拥有这般幸运。

爱情里最痛苦的事，是彼此的喜欢不能同时发生。因此，不同的相遇故事里便有了不同的纠缠，结局，或喜或悲。

关于爱情，年少时，你选择沉默，他能感受到你的默默守护或是无动于衷；你选择原地等待，或许有朝一日他也会回过头来，或者渐行渐远；你选择积极进取，他也许最终被你打动，或者退避三舍离你更远……

可是，不管怎样，这都是你选择爱情的方式，无关对错，无关结局，只凭心意。过程也许很坎坷，也许很崎岖，因为忠于自己的选择，即使遗憾，也会觉得很淡然。痛苦、失望、悲伤，也就不那么难以接受了。

岁月葱茏，年华似水，我们还可以在漫长的岁月里静静疗伤，见证自己的坚强。

多少年以后，行走在繁华的街道上，偶然回眸时，无意瞥见年少时曾经喜欢的翩翩少年，他也许仍着白衫，也许仍旧是你当年动心时的模样。而你最终能做的便是微笑着揽着丈夫的臂膀，和他打声招呼，内心已然释怀，并感谢那些有他出现过的青春年华。

或者，在路过彼此之后的人生中，你走过许多路，遇到过许多人，他依然是你清晰记得的唯一。旧日的时光是默片，是洗白的衣服，岁月的洪流呼啸而过，他微笑时眉眼舒展的模样，雨天撑伞路过街角旧书店的背影，浮浮沉沉，始终驻在你心底。

少年时读席慕蓉的诗，脑海中时常勾勒出这样的画面：月色清辉，洒满青石砌成的小路，女子的面庞清冷而悠远。是等一个人，还是在等一段故事，往事湿漉漉地穿过森林，掠过花海，最终抵达缠绵的记忆。

我不在乎岁月变迁，不在乎容颜褪逝，我只在乎面对你时，你眼中是我。司马相如终是负了卓文君啊，可我却笃定，你是我唯一所钟，只希冀：愿得一人心，白首不分离。

一生那么长，幸好遇见你。

**正是相遇好时光**

 **如果，对的时间遇见对的你**

 只要相遇就很美

正是相遇好时光

# 许筱宁的钢琴少年

　　"嗯，鉴于你喜欢我这个事实，我决定把你放入我考虑的对象范围内！"

　　"只是考虑的范围？"

　　"怎么，有意见？"

　　"没有。"

　　许筱宁疑心自己今天不该出门，可墙上的挂历明明也没有说忌出门啊，为什么自己还是这么倒霉。

　　不就是因为多看了一集韩剧错过了计划去家教机构的时间，然后等公交车时顺便去旁边的小超市买了个伊利冰砖嘛，结果她刚剥开包装纸咬了第一口，就听到附近站台里公交车发动的声音，便什么也顾不得地往前冲，想追上车。

　　可就在这时，悲剧发生了。许筱宁忘了自己已连续两个学期体育打着六十分擦边球的事实，高估了自己的短跑实力。于是，在她以为自己即将成为风一样的女子时，上帝看不下去了，推了她一把。

　　许筱宁以单膝下跪的经典求婚姿势光荣地摔倒了，脚上的一只鞋子也华丽丽地飞了出去，恰恰砸到一个男生身上。

　　顾不上膝盖传来的疼痛，她定睛细看，眼前面无表情的男生，刚巧是三个月前拒绝自己告白的孙暮然。

　　许筱宁对天发誓，她真的不是因为心存怨恨而故意用鞋子砸他的，可孙暮然似乎并不这么认为。他木着脸将鞋子扔在地上，冷冷地看了许筱宁一眼，就往车站走去。

　　许筱宁只好悲催地做金鸡独立状，一蹦一蹦地跳到刚刚孙暮然站着的地方，将脚放进鞋子里，一瘸一拐地走到站台旁。那里只有一个人，就是刚刚被她鞋子砸到的孙暮然。

"嗨，好巧哦，你也等车啊。"为了不让气氛过于尴尬，许筱宁挠了挠头，想了半天才冒出一句让气氛更紧张的话。

"不等车我站在这里做什么？"孙暮然朝她瞥了一眼，淡淡地说。

"呃，刚刚35大才走呢，我们真是太不巧了。"

"是不巧。"

孙暮然面无表情的三个字，却让许筱宁读出了许多东西，她暗想，也许他正在腹诽：还不是因为被你的鞋子砸到才害得我没能赶上刚才那辆公交车，这自然是很不巧了。

正当许筱宁思索着该说些什么时，车来了。她像发现新大陆一样献宝似的转过脸大声道："看，35大来了耶！"

"我自己有眼睛。"

听到他这句冷淡且略带讽刺的话，许筱宁终于破了功。她不知哪来的力气与勇气，狠狠地推了孙暮然一把，在他猝不及防跌倒在地时，撒开脚丫子往车上跑。

对，这一回她就是存心报复。

找个座位坐下，她来回瞅了瞅，确定周围没有人注意到自己，这才小心翼翼地将右脚上的鞋子脱掉，费了九牛二虎之力，终于将刚才被砸扁的鞋子大体恢复原状。

鞋子修好了，她安心地从包里掏出耳机戴上，开始听歌。可她刚听了不到一分钟，身后传来一个冷冷的魔音："同学，拜托你能把耳机插上吗？"

发现孙暮然竟然坐在自己身后的那一刻，许筱宁吓得整个人都差点儿从座位上跳起来，刚才明明没有看到他上车啊。

像是看透了她心中所想，冰冷的男声继续道："35 大后门也可以上车，有两个投币口，你该不会不知道吧？"

是啊，她的确忘了 35 大的车和其他公交车不一样，它有两个投币口，乘客可以随意选择从哪个门上车。

车里虽然开着空调，许筱宁的额头上仍不时冒出汗珠，可她忘了带面巾纸，只好用手擦。这时，后面伸出一只手，递过来一张湿纸巾。

她惮惮地从那只手中接过面纸，小声地道了声谢。

下了公交车，许筱宁疑心孙暮然在跟踪她，但又觉得兴许自己想多了，人家可能只是同路而已。但是当她爬上贝壳酒店三楼，进入自己工作的星芒培训机构时，她终于确定，孙暮然就是在跟着她。可为什么要跟着自己？难不成是伺机报那一鞋之仇？

事实上，确实是许筱宁多想了。当她一瘸一拐从前台旁边的洗手间出来转进文化教室时，就听到那些孩子兴高采烈地欢呼着："孙老师来啦！"

孙老师？许筱宁瞪大了原本就快脱眶的眼睛，指着一旁身穿白色衬衫黑色长裤的男子："他是孙老师？"为啥她不知道，他什么时候成了自己的同事？

"孙老师是我们新来的数学老师啊。"身旁一个小男孩适时出声解答了她的疑惑,"您昨天不是有事没来嘛,所以自然就不知道孙老师已经是我们的新数学老师啦。"

原来是这样啊!不过许筱宁还是有些想不明白,她明明听说孙暮然在一家全市最有名的琴行里兼职做钢琴老师,怎么会突然想不开,来这个鸟不拉屎的地方当起了数学老师?

当然,许筱宁绝不会自恋地认为孙暮然是为了自己来的,不过,她就算想破脑袋,也还是想不明白他为什么会来这里。

任何一个人,在每小时两百块钱和一天三小时七十块钱的工作之间,都不会选择后者吧?除非是脑子秀逗了。对!许筱宁偷偷地瞟了眼正在给学生讲题的孙暮然,认真地点点头,也许他真的是脑子秀逗了。

然而不可否认,从许筱宁这个角度看过去,孙暮然的侧脸真的是好看到极致。都说钢琴弹久了的人都会自带一身优雅气质,看来这话不假。不然身为"外貌协会"的自己怎么会喜欢上他?唉,这年头男色比女色更加"祸国殃民"啊!

下课后从家教机构出来,许筱宁终于忍不住将憋了一晚上的疑惑说了出来。

"长期做同样一件事会觉得厌倦,所以我想换换工作环境。"

"但是,我们现在还不是正式的上班族啊,做兼职就是额外挣点儿零花钱嘛，傻子才会放弃好好的高酬劳去一个比之前低好几倍的地方……"

许筱宁说着说着，忽然意识到自己竟然将心中所想全都说了出来。完了，这下又要被孙暮然横眉冷对了……

"因为你在这里。"孙暮然沉默半天突然冒出这么一句话。许筱宁觉得这话没头没脑的，什么叫因为她在这里啊，大哥，话不说清楚是会急死人的好不好？尽管如此，许筱宁还是压下强烈的不满和疑惑，装作听懂的样子"哦"了一声。

突然间孙暮然那张迷得她神魂颠倒的精致脸庞在她面前放大，许筱宁顿时觉得呼吸都很困难。

"你没听懂我的话吗？"

听懂了啊，当然听懂了，你说的又不是天书。可是大哥，你离我这么近就没有考虑过我的感受吗？要知道，在你面前的这个女孩还对你有着觊觎之心啊！

当然，这只是许筱宁的暗自腹诽，实际上她认真地点了点头："听懂了啊，当然听懂了。"

下一秒，她突然屏住呼吸，她被孙暮然一把抱住了。半晌她才弱弱地说："孙同学，古人云，男女授受不亲，你这样是不是不太好呢？"

话音未落，耳畔传来男子咬牙切齿的声音："我就知道你没听懂我刚才的话。"

怀里的女孩先是像小鸡啄米一样点了点头，复又像拨浪鼓一样摇了摇头。他不耐烦地按住了她仍在不停转动的头："你前些日子不是向我表白说你喜欢我吗？那么现在，我同意了。"

"可是，你当时拒绝我了啊！"

"我反悔了，现在同意了。"

"哦，是这样啊。"

他似乎受不了她这样木然的应答，不甘地问："你就这样回答我？"

"那不然呢？"

实际上，某人内心已经有个小人狂笑三百声：孙暮然你也有今天，当初"老娘"向你告白时你那么拽，现在还不是乖乖地被我吸引了！看来我许筱宁魅力无边啊……

他无奈地泄了口气，继续说："当初拒绝你是因为我不了解你，再说在那种场合下，你觉得我会相信一个输了真心话大冒险游戏后来找我说喜欢我的人吗？"

许筱宁仔细思考了下，好像当初的时机的确选得不合适，换作任何人都不会相信那种场合下的告白。

"可是，你既然知道在真心话大冒险场合下说的话不一定是真的，怎么现在突然相信我是真的向你表白了？还有，你现在就了解我了吗？"

"因为我喜欢你了。"

　　他最初见到她，是在一次公共口译课上，教授给大家十分钟时间准备模拟中级口译。所有人都在紧张地练习，他转头时突然发现身旁这个穿着浅黄色 T 恤衫、长着一双杏核眼的女孩却在津津有味地把玩一个空矿泉水瓶子。觉得好笑之余却也情不自禁地用余光继续关注她，发现她在用瓶盖扣一只小飞虫，并不时地偷偷将瓶盖打开看看。那只小虫子也算生命力顽强，在重复盖上、打开好几次后竟然还能飞出去。

　　于是，他看到了她既懊恼又惊喜的表情："唉，你都不和我玩了，说，是不是飞出去找女朋友啦！"

　　他从没见过一个人和虫子也能玩得如此开心，不禁觉得又有趣又好笑。

　　再后来，她突然在 KTV 包厢里当众向自己告白。他承认，自己在那一刻是有点儿窃喜的，不过很快就淡定地拒绝了她。想也不用想就知道，玩真心话大冒险时所做的事，都是不能当真的。

　　可是他很快就清楚地知道，自己动心了。因为他时不时地总会想起那节公共课上，她把小虫子放跑后眉眼弯弯的模样。

　　他开始有意识地关注她，知道她虽然做事迷迷糊糊，但每学期都能拿到一等奖学金；虽然学了十几年的民族舞，但并没有一般学舞女孩子的刻意矫作；喜欢吃东西，有时一天吃四顿却不怎么长肉；喜欢看书，尤其是军事、历史之类，并且还会在看书时自言自语；方向感极差，至今分不清东西南北……

"嗯，鉴于你喜欢我这个事实，我决定把你列入我考虑的对象范围！"

"只是考虑的范围？"

"怎么，有意见？"

"没有。"

许筱宁满意地看着对自己唯唯诺诺的孙暮然，果然自己魅力无限哦，学院里白马级别的钢琴少年也乖乖地被自己收入囊中。

"对了，以后不要在我面前装高冷，知道吗！"

"我以为你喜欢。"某男一脸委屈。

好吧，她的确喜欢。

# 风很念旧，停在少年肩头

沈洛梁，你最想做什么？我是说，大学毕业以后。

语文老师。在江南，我想要教我的学生，都用一颗最纯粹的心来描绘这片水乡。然后，爱上一个撑着油纸伞走在小巷里的善良女子。

想起他说着自己的愿望时一脸认真的样子，长长的睫毛，像是两片蝶翼，上下翩飞。

有时候，没有预兆地，甚至是毫无规律地，会突然想起一些人，而且越想越疼。

比如沈洛梁，那个穿着白色风衣、会弹奏忘忧曲子的少年，微笑如洒落在向日葵上的阳光一般温暖柔软。

如果说每个少女的心上都曾停驻过一位王子，那么于她颜寻安而言，沈洛梁便是不折不扣的人选，无须考量。

青春懵懂的颜寻安还不知道，那种酸酸涩涩的感觉到底是什么。她固执地把这种情感称作仰慕，对，就是仰慕。即使是在以后的岁月里，也不曾改变。

那是青葱岁月里，少年与少女最纯真的友情，无关风月。

颜寻安总是想起初来云中的时候，穿着白色 T 恤、浅蓝色牛仔裤的她，诧异地看着那些穿裙子的女生，跺着脚懊恼地说："如果早知道云中可以穿裙子，我就不用穿着 T 恤衫了，真是讨厌。"

不料此时，身边突然响起一道声音："穿裙子固然好，不过白 T 恤也不错啊。谁说美丽只有裙子才能衬托出来？不过是直接与淡隐的关系罢了。"

约莫是这句话，改变了颜寻安对衣服，更准确地说是对白 T 恤的看法。后来，她爱上了这种素淡简单却对皮肤十分温柔的棉纺 T 恤衫。

颜寻安慢慢地转过身去，然后看见了那个眉眼如画、温润清雅的少年——沈洛梁。

与君初相识，犹如故人归，大抵便是他们这样吧。

颜寻安呆呆地看着眼前的少年，许久，才发觉这样盯着别人看是很不礼貌的一件事，连忙把头低了下去。又觉得这样倒也显得有些做贼心虚，何况她又没有做贼，这样想着便又赶紧将头抬起来。

少年看着她突然笑了起来，是那种微微的浅笑，眉角如春风浸染过般，尽是飞扬的清逸，让人看了从心底感到舒适。

"你的脸好红啊，喏，就像这棵树上的花瓣一样。"少年再次开口，声音仍是说不出的动听，可颜寻安却跑开了。

一直跑，一直跑，跑到后操场的林荫小道上，她才停下来。

她也说不清自己为什么要跑，并且还跑到了这里。

"你的脸好红，就像花瓣一样。"耳边犹自飘荡着这句话。

他说她的脸好红，不是像红苹果之类的俗喻，而是像花瓣。

好美的比喻！

想到这儿，颜寻安忍不住偷偷地笑了，露出了两个浅浅的梨涡和一颗可爱的小虎牙。

颜寻安出身于书香世家，虽然不算是国色天香级的美女，倒也凭借江南少女独有的清秀柔婉和自小浸染的书卷气息让人眼前一亮。她一直坚信"腹有诗书气自华"，努力学习更让自己与众不同。当然，最重要的是，今年中考，她以全市第一、九门功课几近满分的成绩被云中录取的报道，在当地电视台早就播出了。

短短一个下午，她已被众多同学所熟知，只有她自己对此毫不知情，还在烦恼着初来乍到，一个同学都不认识。

不到下午一点，她就到了教学楼，发现门还没开。颜寻安看了看腕上的手表，便习惯性地从随身斜挎的小布包里掏出一本宋词来，翻到夹着书签的那页，径自看了起来。

书签是一朵风干的荷花瓣，上面还有两个小字"寻安"，若仔细看去，会发现那是用墨线一针一针绣上去的，精巧而又秀雅至极。

"我就是不喜欢苏轼，明明花心多情偏偏还要装作一副对亡妻痴情不改的样子，真是虚伪至极。"可是翻到那首《江城子》，她又忍不住自言自语道，"不过这首词倒是写得挺好，不知情的人肯定会被感动得一塌糊涂。"随后又摇摇头，像古时文人一样将书一卷，然后摇头晃脑地念起自己最喜欢的词来："人生若只如初见，何事秋风悲画扇。"声音却越来越低，最后入了境，双眸竟蒙上了一层水雾。

"好吧，我又走火入魔了，要是被老妈看到，肯定又说我是小疯子了。"她赶紧将不小心渗出的泪珠迅速擦掉，暗自想着幸亏没有人看见，不然被人当作精神病可就不好了。

一发得意，又将那颗可爱的小虎牙露了出来，亮晶晶的，闪动着狡黠的光芒。

"那你喜欢谁呢？"突然身后传来一道男声，将颜寻安吓了一跳，不过口中倒是立即作答："自然是纳兰容若了。"字字响亮，字字倾心。

纳兰容若，现在想来，这情景竟仿佛隔着一个世纪般遥远，当初信誓旦旦地念叨着《饮水词》，说这世间男子只有这一人好，发妻卢氏当死也算是含笑九泉。如今想着，嘴角不禁勾起一抹生疼的笑，那个被自己认为如容若一般干净温柔的男子，不知是否安好。

大学毕业后，颜寻安拒绝了去国外一所名校深造的机会，在众人不解甚至讥讽的目光下回到徽南小镇、她的水乡江南，做了一名普通的语文老师。

*沈洛梁，你最想做什么？我是说，大学毕业以后。*

*语文老师。在江南，我想要教我的学生，都用一颗最纯粹的心来描绘这片水乡。然后，爱上一个撑着油纸伞走在小巷里的善良女子。*

想起他说着自己的愿望时一脸认真的样子，长长的睫毛，像是两片蝶翼，上下翻飞。

那时候，她真的很迷恋这个笑容柔软、气质纯净的少年，所以连他说话时喜欢微微扬起唇角的模样，也深深地印在脑海里。

"颜老师，什么叫作'人生若只如初见，何事秋风悲画扇'啊？"一脸稚气未脱、可爱纯真的学生，指着一本簇新的淡蓝色锦缎封面的《饮水词》上卷首两句问道，眼睛瞪得滚圆、疑惑不解的样子，像极了玩具店柜台上面摆放着的那些精致的芭比娃娃。

"裳裳，这本书是谁帮你买的啊？"织锦织就的兰花纹团封面触摸起来感觉异常柔软。

蓦地，她想起了多年前，那个人带着自己一路狂奔，只为在临别时送她一本纳兰的织锦缎书的情景。

思绪又被拉回到很久很久以前。

那时候，颜寻安以年级第二的优异成绩被保送至北京大学，而考了年级第一的沈洛梁当时因父母离婚，学校里都在传他要跟随母亲出国的事情。

那段时间大家说起他，都是一副既惋惜同情又羡慕不已的神情和语气。

甚至有好事者跑来问颜寻安，知不知道沈洛梁下个月就要出国？她微笑着摇摇头。她不知道，就算知道，那也不能改变什么，不是吗？

虽然被保送北京大学，可没有人知道颜寻安实际想去的是厦门大学，所以自然也没人知道她已经选择放弃保送，准备继续参加高考。

那天，是六月十七日。她照例一大早到教室看习题，换书时才发现英语笔记里夹着一张纸条，让她在第二节课后出来一下。

纸条上的字迹，她知道是谁的。

第二节课后，她依约走到初进云中时遇见他的那棵大树下。不料她刚到，沈洛梁便从树后猛地跳出来吓了她一跳，还没等她回过神来，沈洛梁便拉着她急急地往前跑。她穿着长袖衬衫，可当他拉起她的手臂时，她感觉像有团火焰笼罩过来，甚至于，她都不知道他要把自己带向哪里，便傻傻地跟着他一起跑。

两人就这样光明正大地逃了课，跑出校园。

颜寻安气喘吁吁地问："我们要去哪里啊？"

"别问了，快跑，我要躲避仇家。"

她从来不知道沈洛梁也会讲冷笑话，所以听到他的话，她加足马力，仿佛用生命在奔跑。那也是记忆里唯一一次跑得如此酣畅淋漓。

他们一直跑到一家地理位置偏僻、造型古朴的书店门前，才停了下来。他眯着眼睛，一脸坏笑地看着气喘吁吁、双颊绯红的她。

"我逗你玩呢。有没有被我吓到？"

颜寻安努力平复着因为急速奔跑而猛烈跳动的心脏，缓缓开口道："不会啊。"

其实，她心里想的是：就算那是真的，与他一起逃跑，从此浪迹天涯，她也心甘情愿，就像曾经看过的电视剧里，红拂追随李靖亡命天涯，也不失为一件美事。

"进去吧，这是我最喜欢的书店，你应该也喜欢这里。"

颜寻安以为自己走进了桃源仙境。

说来也巧，两人刚进书店，外面就突然下起了倾盆大雨。

不知是因为雨天还是其他原因，书店里的客人极少，稀疏的三两个人各自选了书付完款，便坐在由艾草和蒲柳编织的秋千上，一边翻阅着手中书籍，一边品尝着老板赠送的香茶。

宁静而安谧，淡然而优雅。

颜寻安选了一个靠窗的位置放下用檀木做的号码牌，然后就去选书了。

店里的书架并不多，但全都是紫檀木打造，淡雅的木香中流露出低调的华丽，连窗子都是旧式的模样。很快，颜寻安便发现这里的书也与众不同，大多是古典文学，很少有现代小说之类，而且还有不少手抄本。每本书都精雅至极，即使远远看着也是一种享受。

颜寻安站在书架前犹豫不决，沈洛梁却将她拉了回去。一本浅蓝色织锦缎封面的书映入眼帘，"纳兰性德"四字嵌在淡雅的兰草里。

窗外雨声潺潺，室内静言浅香。

　　"是梁哥哥。"女童的声音将颜寻安拉回现实中，她疑心自己听错了，不解地看向女童。于是，这个叫罗裳裳的女童又重复了一遍："是梁哥哥送给我的。"

　　像是被什么击中了一样，她怀疑这只是个美丽的巧合，毕竟这世间名字带梁的人何其多，并非沈洛梁一个。可她却又像个急切的赌徒，拼着心中一缕执念，不输光就绝不罢休。

　　"是哪个梁哥哥？裳裳可以告诉老师他的全名吗？"

　　"就是镇上新来的沈洛梁哥哥啊！"罗裳裳甜美的嗓音将"洛梁"二字咬得一字一顿，见老师还不明白，罗裳裳索性把书翻到最后一页，上面赫然是颜寻安最熟悉的字迹：

　　沈洛梁于六月十三日购于上海竹茗书店。

## 森年与婉意

自古英雄救美，美人多半是要以身相许的。

一

在一家 KTV 里做兼职服务员的李婉意，从没想到那些电视上、小说里出现的烂俗情节，竟然也会发生在自己身上。

客观上来说，她也不是傻白甜，所以才能在这家 KTV 里安然无事地做了一整年，便将自己的学费和生活费全部搞定。可有时候，上天也会见不得你这般安然，于是会生出一些事情来捉弄你。

平心而论，这份工作虽然有些累，但报酬确实十分可观。工作时间从晚上八点到凌晨一点，每天工资下班现结三百，小费不计。

这份工作是她同宿舍的舍友张甜宜介绍的。起初她们一起做了些日子，可因为实在抵不过困倦，所以张甜宜常常在包厢里站着站着就眯起眼来。被客户投诉了几次，也被老板批评过几次，她终于忍受不了便提出辞职。

"婉意啊，你的生物钟是不是和我的不一样啊？"张甜宜打了个大大的呵欠，拿着刚结好的工资不解地问，"为什么我从没见你犯困过呢？"

李婉意小声对张甜宜说："我当然困，可我要挣钱啊。"所以，每当困倦袭来时，想一想家里的情形，她很快又像自带清醒启动器一样精神饱满。

张甜宜不能理解地摇了摇头："你还真是个财迷呢！"

2014 年 8 月 29 日，对李婉意来说，真是糟糕的一天。

这天，她像平常一样被分配到了一个包厢里，帮客人点完歌曲之后就默默地站在一旁，只等到客人需要帮忙时再上前就好。

那帮客人唱了一会儿后，很快就表现出厌倦的样子，其中一个穿着西装的中年男子端了杯酒朝其他几个人笑道："真没意思。"

于是便有人大声喊道："服务员！"

李婉意赶紧快步过去："请问您有什么需要？"

## 二

从培训的第一天起，带领她们的负责人就再三强调，不可以得罪客人。就算客人有什么不当的地方，也只能接受或机智灵活地解决。

所以，当这些人意味深长地看着自己时，李婉意就算心中再慌张，面上还是保持着不变的笑容："请问您有什么需要？"

"原来店里的服务员也这么漂亮啊！"

她努力保护着快要僵硬掉的笑容："如果您没有什么需要，我先下去了。"说罢转身就走。

就在她转身的同时，一只胳膊拦在身前，将她一扯便推到了皮质沙发上。

"着什么急啊，又不是不给你小费！"拉扯她的男人笑眯眯地从外套口袋里掏出一叠钱，随意抽出两张百元钞票塞到她的手里，"陪我们顾总唱首歌，这两张票子就是你的。"

她急忙从沙发上站起来，将那两张钞票放还在茶几上："对不起，我不会唱歌。"

此话一出，掏钱的男人脸色顿时一冷："你这是拿我们当傻子啊！哪有在这地方工作还不会唱歌的，没吃过猪肉总算见过猪跑吧？"

被这人这么一闹，包厢里其他人都目不转睛地盯着她看，那些灼灼目光似是能将她烤成灰烬。

李婉意哆嗦着嘴唇，才后悔自己不应该为了着急赚钱而来这种场所工作，不应该自以为是地认为凭自己的聪明机智，就能在这里安然无事。

可是，现在才后悔，会不会太迟？

# 三

"你怎么还在这儿，老板到处找你呢！"门突然被打开，一个穿着黑白相间衬衫、打着领结的男子急匆匆地走了过来，一副气恼的样子，"昨天那拨客人走时点的那些贵死人的红酒，你怎么都没记在账上？刚才核对账目时领班说是你的错！"

男子说着一把将她拉了过去："这些红酒没记账上可不关我的事，你赶紧去和老板说清楚，不要拿我做替死鬼。别以为躲在这里就没事了，我可不替你背黑锅！"

李婉意还没反应过来，就已经被男子手脚麻利地拖出包厢，随后，一个穿着和她一样大红色旗袍的服务员进了包厢。

男子一直将她拽到走廊尽头的一个包厢前，把她推了进去，并在关门时小声且快速地说："你就在这间包厢里工作吧，老板问起就说是我自作主张和你换的。"

李婉意反应过来时，那男子早已离开。于是她定了定神，微笑着小步走进包厢，发现是一家人过来为十岁的小女儿庆祝生日的，包厢里弥漫着淡淡的奶油香味。

一颗狂跳不已的心终于平静下来，这时的她是真的发自内心地微笑："您好，请问需要什么服务吗？"

女孩稚嫩的声音脆生生地说："姐姐，你能不能帮我点播一首《*All the things will be beautiful*》呢？爸爸刚刚弄了好久都没有找出来。"

"好的。"她上前在点歌机里输入这几个英文单词，屏幕里迅速地跳出几行字，她指着第二行："你是不是要唱这一首？"

女孩开心地拍着手："就是这首歌，姐姐你好厉害！"

她弯了弯唇角："Happy birthday！"

# 四

下班结账时，因为私自换了包厢，那男子被主管狠狠地训了一顿，并被扣除当晚所有工资，而李婉意则因为被动调换，所以只被扣了一百块钱。

在门口等出租车的时候，她咬了咬唇，鼓起勇气走到他身边，然后小声地说了句："谢谢。"

男子却浑不在意地摆了摆手："没关系，大家都是校友嘛，出来做兼职都不容易。"

她还想再说些什么，一辆出租车恰好过来，男子招招手，转身对她说："如果是回学校，咱们一道吧。"她连忙点头，轻声说了声"好"。

打车费自然是他出的，李婉意还没来得及再说声感谢，男子便已没了踪迹。可自此，那人却在她心上留下了一道深深的踪迹。

后来，她打听到他叫纪森年，是金融管理系的，成绩优异，每年都能拿到一等奖学金。但因为家境贫穷，家中不仅有瘫痪在床的父亲，还有在上学的弟弟、妹妹，所以每次除了在奖学金名单上能看到他的名字，助学金名单上也有他。

原来，他和自己一样。

也许他当时出手相助也正因如此吧，毕竟如果可以选择，谁不想安逸地躺在宿舍里，悠然地看看电视、上上网，或者和男女朋友出去约会？谁不想找一份舒适且轻松简单的工作？可现实环境不允许他们有这样的选择。

不过，书上不是说过职业没有高低贵贱之分吗？所以，只要踏踏实实做事，赚钱便会赚得心安理得。

可如今，她却是因为这样一个人而感到心安。

# 五

自古戏文里最常演的，便是英雄救美这种剧目。英雄救了美人，美人无以回报便以身相许，从此成就一段佳话。

可在现实生活中，英雄却并不想要美人以身相许，于是，美人只好偷偷地躲在一旁默默地看着英雄。

"看，你的忠实粉丝又跟过来了。"

在一群人的哄笑中，纪森年转过头，看到了身后一闪而过的浅黄色衣角。

他不禁有些厌烦："李婉意，你不要再跟着我了。"

躲在他身后不远处的女孩听到这句话，眼泪瞬间滑落。

她只是想多看看他而已，想和他坐同一辆公交车上班、坐同一辆出租车下班而已。可这样却招致他的厌烦，她突然觉得自己有些可悲，却还是控制不住地陷了进去。以至于她故意让自己陷入困境，企盼着上次的场景再现，祈祷着他再次从危险中救她。

他果然出现了，却只是一言不发地将她从包厢里拽出来，一直走，一直走。这次，他没有找人替换她的包厢，而是直接把她拉到 KTV 外面。

"李婉意，你觉得这样很好玩吗？如果你下次还这么作践自己，我不会再来帮你。"

仰起头，满天繁星那么明亮那么闪耀，可为什么自己的心里却还是漆黑一片呢？心，就像被人用锥子狠凿了一样，鲜血淋漓，痛不能止。

"其实，我只是因为喜欢你啊。"

她小声嗫嚅。也许他并没有听清，所以仍是无动于衷地站立片刻，然后转身走开。

李婉意看着他的背影，慢慢蹲下身体，双手捂住眼睛，任由泪水肆意漫出眼角。不知哭了多久，突然有一只手将她缓缓拉起，然后她被圈进一个温暖的怀抱。

闻着男子身上清冽的皂角气息，她听到一个无奈而又温柔至极的声音："我该拿你怎么办？明明对自己说过大学期间不谈恋爱的，可是你……唉！"

她觉得听到这话，自己应该弯起唇角，可泪珠却像断了线的珠子一般噼里啪啦往下掉。她抽泣着说："我以为你走了，我以为你讨厌我了，我以为你不会再来看我了……"

"傻瓜……"

# 六

回到 KTV，不等老板发飙炒鱿鱼，纪森年便主动提出辞职，随即李婉意也提出了辞职。作为惩罚，他俩当天的工资自然是被扣了个精光，连当初缴纳的培训费和保证金也不予退还。

不过，这些已经不重要了，有情饮水暖。

没过多久，两人在一家教育机构找到了兼职，一个担任数学老师，一个担任英语老师，工资虽然没有当初在 KTV 里的高，可却让人觉得特别安心。

再后来，他们大学毕业，去了不同的工作单位。

纪森年因在外企招聘会上表现突出，大四时便被提前招过去实习，毕业没多久就做了项目经理。李婉意则顺利地拿到了教师资格证，成了一名初中老师。

三年后，两人完婚。

## 终于等到你，还好我没放弃

每个人心中都有一团火

路过的人却只看到了烟

总有一个人

总有那么一个人

能看到这团火

然后走过来陪我

……

从你叫什么名字开始，后来，有了一切

"我的意中人是个盖世英雄，我知道有一天他会在一个万众瞩目的情况下出现，身披金甲圣衣，脚踏七色云彩来娶我。"

当工作人员帮叶寒穿好礼服时，她突然想起了紫霞仙子的台词，唇边不由漾起一个微笑，在这件水晶钻饰半身鱼尾婚纱的衬托下，她整个人更显出一种高贵与矜持的气质。

叶寒打量了一下立身镜中的自己，示意工作人员缓缓拉开遮幔。像所有偶像剧中演绎的场景那样，叶寒看到了林远眼中的惊艳。他右手在空中转两圈，弯下腰，在叶寒的手上烙下轻轻一吻："我的公主，愿意与我携手一生吗？"

叶寒与林远相识在大学校园里。褪去了高中的单纯与稚气，叶寒身边的女孩们面对感情开始变得游刃有余，更愿意从现实的角度思考归属，也懂得如何从别人身上拿到心中想要的东西。叶寒不屑于这些。时光如梭，现在就变得如此世故，那么日后身处复杂的社会环境还得了？她宁愿晚点儿成熟，只求现世安稳。

叶寒学的是新闻采编与制作专业，与大众舆论接头，工作领域类似报社、广播电台等新闻媒介机构。虽然不喜欢撰写新闻稿，无奈专业为之，她也总是尽心尽力地把每份作业做好。

有一次，老师布置的作业是要求自拟人物采访内容，借助现代化设备整理对话，要求有新意有创意，且这次的成绩会影响每个人的期末评分。叶寒一听题目傻了眼，她在学校里熟悉的就几个舍友而已，一时也找不到合适的人采访。纠结了几天，眼看着身边的人渐渐都有了素材，便有些急躁地在 QQ 上和好友抱怨。好友跟她同校不同专业，便给她支了招，她由此认识了林远。

因为和好友关系不错，林远碍于面子只好答应做采访对象。叶寒至今都记得初见林远时的感觉，好似从未见过这样的男生，瞬间就拟定了采访标题——陌上人如玉，公子世无双。

好友见她失态，打趣说她见到林公子魂都没了，叶寒这才收回目光，不好意思地笑了笑。

美术学院的学生会主席，作品获奖无数，待人温和谦逊……林远的标签不少，但叶寒不是因为这些光环才喜欢他的。她承认，一见钟情的确钟的是脸，可她更愿意把这理解为缘分，在她看到他的瞬间，便突然开始期待起未来。说来像天方夜谭，可真实感受确实如此。

采访结束后，叶寒便有意无意地打听着有关林远的一切，好友洞悉她的心思，聚会时总会带上她，帮她制造一次又一次看似巧合实则精心等待的偶遇。这些努力大大提高了叶寒在林远面前的曝光率，混个脸熟的下一步，就是真的熟络起来了。

林远人缘好，追他的女生也多，可他一直单身。叶寒好奇地问他原因，他故作神秘地一笑："因为我还有更重要的使命要完成。"

叶寒被这调皮的笑容暖得微醺，呆呆地问是什么，林远拿起手上的书轻拍她的脑门，一脸严肃："拯救地球……"

冷场几秒后，空气中爆发出两人的笑声。

叶寒没想过对林远表白。他向来说一不二，承诺在大学里不谈恋爱，她便不去深究那是推辞还是真心，即使两人算是好友，她也没有自信到认为林远会为她打破原则。既然陪伴是最长情的表白，那么，她盼望着努力与林远并肩而立的时候，总有一天，他会停下来等她。

叶寒有个不是缺点的缺点，就是太认真，无论是对生活、学习，还是对感情。那日林远无心说出对他来说更重要的使命，叶寒当真相信了，她想弄清楚那是什么，这样她才好紧紧跟随。

闲暇时，叶寒会胡思乱想，每次见林远总觉得他温暖、坚定、雄心勃勃，从未见过他脆弱、迷茫的样子，可林远也是人，是人就会有消极的时候。她好想回到过去，伴随他的成长，将他经历的所有苦痛平分。但想法终究只是想法，她无法走进他的过去，只能好好陪伴他的现在，即使她不知道这种陪伴到哪一天就结束了，却也因为这种不确定而更加珍惜。

真正拉近两人距离的，是那次地铁站的偶遇。

叶寒从未见过那样的林远，眼神中充满深情，整个人都沉醉其中。叶寒突然就明白了他所谓的对他重要的事。世纪光年，他坐在地上自弹自唱的样子，永远刻在了叶寒的脑海中。叶寒不忍打扰他，等他背起吉他准备离开时才出现。

看着面前言笑晏晏的叶寒，林远惊讶地说好巧。叶寒笑着打趣他："哈，超人，在拯救地球呀！"

林远愣了一下，也哈哈笑了起来。他们去超市买了啤酒，坐在广场的台阶上聊天。

"你唱歌很好听诶！那首歌是你作曲填词的吗？"

林远的眼神里透露出微微的得意："是啊！"

"真厉害啊，画画又好，唱歌又好，能力又强，简直就是家长口中别人家的孩子嘛！"

林远淡淡地笑了一下，站起来，豪气万丈："我，林远，总有一天要出一张唱片，开一家属于自己的唱片公司！"

叶寒被他影响，也大声宣告："我，叶寒，会一直站在林远身边，永远支持他，不管他生老病死还是怎样！"

林远取笑她："你傻不傻，宣告的是自己的理想啊！理想！"

叶寒踉跄几下，笑着打他，不回答。

林远，你怎知那不是我的理想？我一直心心念念的，不过是未来有你，不管生老病死，无论贫穷富有。

日子如流水般平缓度过，转眼到了毕业季。叶寒笔试面试都表现出极强的专业素养，加上姣好的面容和气质，成功地留在市内一家知名的电视台，薪资不菲，足够养活自己。

本以为林远会进入某个公司或外企，继续从事绘画类工作，可他固执地选择了走音乐这条路。毕竟这一行不确定因素太多，而家人对他期望颇高，以致他的决定遭到一致反对。身边的朋友也都劝他认清就业形势，而他却铁了心，即使没有资金支持，也要朝着梦想努力。

林远去一家酒吧做兼职，最初经常被老板骂，因为他坚持自己的原创歌曲，顾客们却会点一些低俗无聊的口水歌，林远不愿意唱，站在台上倨傲得如同一尊雕像。老板无奈于林远的秉性，好在他唱歌不赖，人也很帅，渐渐赢得了人气，也就默认了他的原则。

叶寒每天下班后会带些啤酒，坐在台下安静地听他唱歌，等他结束后去他租的小单间里畅谈人生。

一次，叶寒站在有些逼仄的狭小空间里，忍不住问林远有没有想过放弃。林远正在厨房里炒菜，铁锅翻炒的呲啦声突然停顿了一下，他淡淡地说："叶寒，是不是连你也质疑我的选择了？"

叶寒觉得有些委屈，声音被油烟味呛得有些哽咽，沉默许久兀自叹了口气："这是你的选择，我无权干涉，只是看你现在这么辛苦有些难过罢了。"

林远将菜装盘，开了瓶啤酒："青春不老，梦想不死，相信我，一切都会慢慢变好的。"

叶寒看着眉目轻狂的林远，打开啤酒，笑了。认识他这么久，他一直都是赢家。

然而，事实却不同于设想。林远将原创唱片寄给各个公司，满怀期待却得不到任何回复。日复一日地等待，一次次失望后再崛起，叶寒始终陪在他身边，陪着他坚守。可期望总是落空，林远也难免开始质疑自己的选择，但还是不想放弃。酒吧换了个老板，大肆改革下熟客几乎弃店，生意惨淡濒临破产，无奈之下，林远只好辞职。

中途辗转去了几个酒吧，辛苦不说也没看到丝毫发展前景，甚至经济亮起红灯，连温饱都成了问题。

叶寒生日，为了给她一份惊喜，林远攒了半个多月的钱，去卡地亚买了一条项链，还请假在家置办了半天，才捧着一束花去叶寒的公司楼下等着。可满心欢喜的他却看到叶寒和一个男生举止亲密，互相拥抱后叶寒上了那个男生的车。

林远说不清当时的心情，他将手中的花随手赠给路边的小女孩，缓慢地走回了出租屋。

那晚，叶寒去找林远，屋子里却没有了生活的痕迹，她给他打了无数个电话，问遍身边所有认识的人，得到的回答却总是模棱两可。叶寒不知道自己做错了什么，在不经意间丢了一直爱着的人。

两年后，叶寒被临时指派进行一次人物采访。她心中觉得奇怪，虽是新闻专业出身，可自己从未做过类似的采访节目，备感压力之余也格外认真地做着准备。

采访对象是一个新晋唱片公司的总裁，收集信息时，对方公司却守口如瓶。看到"唱片"二字，叶寒心中不禁有些苍凉。她已经整整两年没有见过林远了。采访那日正巧是叶寒的生日，她到了唱片公司，经秘书带领走进总裁办公室，看到坐在沙发上喝咖啡的熟悉身影，叶寒浑身一抖，手中的稿件纷纷扬扬地散落一地。

似是听到声响，沙发上的人朝这边看来，朝自己轻轻一笑，一瞬间，叶寒的世界春暖花开。

采访结束后，林远和叶寒去了之前的广场，依旧坐在台阶上喝着啤酒，一如当初的模样。叶寒曾经设想过无数次与林远重逢的场景，而真正发生的时候心里却异常平静。

"这两年过得还好吗？"

"还不错，摸爬滚打总算有点儿成果了。"

"当初为什么不告而别？"

林远看了看手表，故作神秘地让她等等，默数着五、四、三、二、一，只听砰的一声，广场中央的喷泉喷出巨大水花，巨大的 LED 屏幕上赫然呈现着叶寒的名字。一时间，叶寒有些不知所措。

"叶寒，生日快乐。"他轻轻为她戴上当初那条项链，"这条项链是我两年前就买好的，可我觉得，现在才有资格帮你戴上。"

叶寒看着胸前的坠子，海蓝宝石散发着魅惑的光芒。

"我知道那时我没有能力承诺，所以我拼了一个未来，既是为了梦想，也是为了你。你未必不能和我同甘共苦，但我总觉得，一个男人不该让喜欢的女人陪着自己辛苦。两年前的今天，我站在你公司楼下，看你上了别人的车，那一刻我突然明白，我没办法给你任何东西。回到出租屋时，我接到了深圳一家大型唱片公司的邀请，就连夜去了深圳。我对自己发誓要闯出一片天，而你，变成了我的动力。"

看着林远的眼睛，叶寒有些哽咽地问："林远，你是不是很辛苦？"

林远摸摸她的头："现在稍微不那么辛苦了，所以你愿意陪我一起吗？"

"其实，那个男生追了我好久，后来他说决定放弃，作为朋友一起吃顿饭，没想到竟然被你看到了。"

林远愣了片刻，继而微笑道："所以，你愿意吗？"

叶寒踮起脚，在他唇上轻轻一吻。

去过不同的地方，听过许多故事，越过山、路过桥、看过云，我在这个有着千万种可能的星球上遇到你。上帝对我如此慷慨，而我亦是如此幸运。终于等到你，还好我没放弃。

## 遇见你时，阳光正好

　　和其他人家的孩子一样，苏卿卿有时候也在心里默默祈祷，想成为一个很优秀的人，如果不是很优秀，很美丽也可以；如果不是很美丽，那么很幸运也可以。如果这些都不行的话，她觉得做一个勤勤恳恳、踏踏实实的人也不错。

一

"站住。"

苏卿卿乖乖地停下，将雨伞递给面前的人，心里默默祈祷，这家伙拿了雨伞就赶紧放过自己吧，就算淋雨也甘愿。

在许巍南接过雨伞后，苏卿卿立刻做好雨中狂奔的准备。不料她才迈开第一步，就被人扯着头发硬生生地拽了回去。

苏卿卿想到之前看到的那些场景，转过身哭丧着脸对着这个扯她头发的人说："我身上只有买资料剩下的十块钱，都给你。"

苏卿卿原本想把这十块钱攒下来，去买那本惦念了许久的绘本志，那是她喜欢的一位漫画家的手绘故事集。现在，她咬了咬嘴唇，算了，明天去求书店老板把那套书再留一周，目前还是先把钱上缴给"混世魔王"方为上策。

然而，事实却和她想的有些不一样。"混世魔王"一脸莫名其妙地看着她，随后反应过来，生气地拍掉苏卿卿举着钱的手，如同一头暴怒的狮子一样朝她大吼："你当我是乞丐吗？"

苏卿卿默默地想，你当然不是乞丐，你比乞丐恐怖多了，乞丐只会乞讨，可不会扯人头发……

"把你的钱拿回去，立刻在我眼前消失！"

苏卿卿被这一声怒吼给吓傻了，过了好一会儿才反应过来，她赶忙把钱放进口袋，准备撒开脚丫逃离。可刚准备走，头发又被扯住了。

上天啊，我为什么会这么倒霉？

苏卿卿憋着快要掉下来的眼泪，努力挤出一个微笑："同学，你还有什么事吗？"

"那个，你明天要吃什么？我给你买早餐，算是报答你把雨伞借给我的恩情。"

苏卿卿还没从刚才的情绪中缓和过来，以为自己幻听了。什么，"混世魔王"要给她买早餐？这早餐吃下去不被毒死也要折寿吧！可是，等她确定自己没有听错想婉言拒绝时，要给她买早餐的人早就撑着她那把蓝白相间、点缀着小碎花的雨伞扬长而去了。

带着一副落汤鸡的模样回到家，自然免不了老爸老妈的一番询问。胆小如苏卿卿不敢说自己的伞被打劫了，本着多一事不如少一事的想法，她嗫嚅着撒了一个小谎，说买完参考书后发现伞不见了，可能是有人不小心拿错了吧。妈妈听了只怪怨她几句做事不稳妥，便不再多说什么。她按部就班地吃完晚饭，和爸爸一起看了晚间新闻，然后回到房间写功课、做新买的数学竞赛题。大概到晚上十一点，喝完妈妈端来的温牛奶，洗漱完毕就上床睡觉。

日复一日，年复一年，普通人家的孩子的普通生活。

和其他人家的孩子一样，苏卿卿有时也在心里默默祈祷，想成为一个很优秀的人，如果不是很优秀，很美丽也可以；如果不是很美丽，那么很幸运也可以。如果这些都不行的话，她觉得做一个勤勤恳恳、踏踏实实的人也不错。

二

苏卿卿以为自己走错了教室，或者是自己眼花了。

她的课桌上摆放着整整十种早点：明遇记的蟹粉小笼包和招牌虾仁馄饨，肯德基的安心油条、豆浆和皮蛋瘦肉粥，千里香的小馄饨，格瑞斯家的岩烧乳酪蛋糕和木糠杯，姚记的蝴蝶酥，还有校门外洪阿婆做的鸡蛋饼。

这是要怎样？

苏卿卿忐忑不安地坐到椅子上，看着一桌子的食物，和同桌林安安面面相觑。

"卿卿啊，这么多东西你吃不完吧？"沉默了大概一分钟，林安安咽了下口水，"要不，我帮你分担分担吧！"

"好……好啊！你想吃就吃吧，我在家里吃过早饭了。"

苏卿卿做贼似的用余光偷偷扫视了一圈，发现教室里零零落落才来了几个人，并且目标人物似乎不在，她长长地吁了口气："安安，在你吃之前，我得告诉你一件事，然后你再决定要不要吃……就是啊，这些东西，可能、应该是许巍南买的。"

刚好咽下一个虾仁馄饨的林安安闻言，惊恐地瞪大了眼："卿卿啊，你没开玩笑吧？"

得到苏卿卿肯定的点头后，林安安整个人都不好了："卿卿啊，我怀疑自己要被毒死了！"一想到自己刚刚咽下的食物都是许巍南买的，林安安一阵毛骨悚然。

"林安安，你不是被毒死的，是要被我打死的！谁给你的熊心豹子胆，敢吃我给苏卿卿买的早餐！"

果不其然，说曹操曹操到。

许巍南的东西更是吃不得的，被骂是小事，被打就是大事了。

"我，我是给卿卿尝一下，啊，试试有没有毒的。"哆哆嗦嗦地说完这句貌似火上浇油的话，林安安果断地抛下苏卿卿，躲到一边。逃命为上，革命友谊也只能且放一旁了。

苏卿卿和许巍南大眼瞪小眼，最后，许巍南终于忍不住了："你为什么不吃？！我记得这些都是你喜欢吃的东西。"他早就观察过，见苏卿卿都吃过才确定买了这一桌子的早餐，她没理由不喜欢。

"可是，我在家里吃过早餐了啊！"苏卿卿并没有说谎，早上被妈妈逼着吃了一碗炒饭、两个荷包煎蛋还有一杯热牛奶，小肚子到现在还是鼓鼓的。

"我不管，苏卿卿，这是我买给你的早餐，你必须全部吃掉，今天吃不完，就不要回去！"

苏卿卿听了这话，两眼一黑，苍天啊，这是"混世魔王"新想出来的整人方法吗？真的很毒辣，要把人活活撑死的节奏啊！

# 三

"喂，你，对，就是你，林安安，去卫生间看一看你同桌，怎么到现在还没回来，该不会掉进厕所里了吧！"

林安安很想朝他翻个白眼，如果不是这家伙硬生生逼着卿卿吃了那么多东西，卿卿怎么会在卫生间吐得昏天黑地。当然，林安安也只能腹诽，叫她当面说出来，那是万万不敢的。高中时光已经过去两年半，剩下不多的时间，林安安还想安稳度过。

可怜的苏卿卿，一直认认真真地学习、勤勤恳恳地做事，待人宽容温和、与世无争，可是转学过来半学期不到，就莫名地被"混世魔王"给盯上了。

唉，林安安脑海中情不自禁地奏响命运交响曲。

许巍南并不知道眼前这个胖乎乎的女生所思所想，他比较着急的是，为什么那个书呆子去卫生间那么久都没回来，都快半个小时了！该不会出什么事情了吧？想到这儿，他有些后悔刚才逼着她吃了那么多东西，说不定真是撑坏肚子了。于是，他也顾不得其他，立刻冲出了教室，把端着茶杯踱着步子走进教室的班主任撞了个趔趄。

"喂，你，你过来。"他站在卫生间门口，对刚洗完手的一个女生叫道："你去看一下，苏卿卿在不在里面？……什么？不在，你再去看一眼！"

得到那个书呆子已不在卫生间的消息，许巍南不淡定了，立即召集了他的"情报人员"调查苏卿卿的下落。不多时，有人来说看到苏卿卿躺在学校医务室，他当下脚底生风，立刻冲了过去。

正在小口小口喝药的苏卿卿突然瞪大眼睛，看着出现在医务室门口的人。不是吧，她都这样了，这个"魔王"还要逼自己把剩下的东西吃完吗？苏卿卿的眼泪快要掉下来了："同学，我真的吃不下了，肚子快要撑炸了。"

看到眼前女孩可怜兮兮又紧张兮兮的模样，"混世魔王"忍不住"扑哧"一声笑了。

# 四

苏卿卿转学过来的那一天，刚好快要上课了，数学老师夹着书已经等在门口。班主任也没打算让她做自我介绍，直接手心下压示意大家安静，然后简短地介绍了一句："这是新同学苏卿卿，大家认识并欢迎一下。"

看着站在老师身边的女孩，穿着白色的棉布裙子，大多数同学都向她投出或新奇或惊讶的目光。

短暂的宁静后，后排两三个调皮的男生坐在课桌上，对着她吹起口哨："欢迎新同学啊！"随后是几个男生的哈哈大笑。

"好了好了，不要闹！"老师大声呵斥。

苏卿卿低着头，把书包里的本子和文具盒拿出来放到课桌上，然后又整理着刚刚领到的新书，一本一本地在课桌上摆放整齐。

下午放学时，苏卿卿不喜欢和别人挤来挤去，于是打算晚些再走，坐着无聊，就随手扯了一张草稿纸，趴在桌上一步步地算着老师下课时布置的题目。

"新同学，这么爱学习啊。"

"你以为人家转学生像你啊，整天不务正业，人家可是要好好学习、天天向上的！"

课上对她吹口哨的那几个人的声音，在她面前一唱一和着，故意逗她玩。

苏卿卿笔尖一顿，也不知该说些什么，视线下意识地上移，却撞上一双漆黑的眼睛，眼角稍稍挑起。

他靠着她的课桌，用两根手指夹着她演算的稿纸，玩世不恭地歪着头，从上到下仔细地看着，边看边挑眉，薄薄的红唇上扬起半抹弧度。

草稿纸上，没有丝毫乱涂乱写，几行方正秀丽的小楷像打印出来的一般，解题公式也列得整整齐齐，最底下还写着"天道酬勤"四个小字。

"这么爱学习啊？"纸张轻飘飘地落到桌上，伴随着似有若无的一句话，许巍南单手撑在课桌上，头低下来对着苏卿卿，"同学，咱们是不是要互帮互助啊？"

苏卿卿沉默不语，整理着被弄乱的草稿纸。

"你这么爱学习，不如帮我写份数学作业吧。"

大概是初生牛犊不怕虎的缘故，也因着苏卿卿刚转学过来，并不知道眼前这人的厉害之处，她只是单纯地觉得这样做不好，也是不对的，因此抬起头认真地告诉他："互帮互助不是这样的，我帮你写作业，其实是在害你。你有什么不会的，我可以讲给你听，你也可以请教老师。只有把题目真正弄懂了，下次遇到同类型的题目才不会出错。"

空气尴尬得凝固了。

"噗——"后面堵着门还没走的男生们仿佛听见了什么不可思议的事情，随后也发出哄堂大笑，有的还不停地捶着自己的肚子，好像眼泪都要掉下来了。

转学生是个书呆子的消息，不胫而走。

# 五

苏卿卿觉得很委屈，如果时光可以倒流，她一定会在许巍南让自己帮他写数学作业时痛快地答应下来，那样，也许后面就不会发生那么多事了。

她一如既往地做着乖乖女、好学生，认认真真地上课听讲，好好学习天天向上，最大的兴趣也就是看看漫画，并且控制自己一周只能放纵两个小时。

自从在医务室，她因为激动不小心打翻热水瓶，导致热水瓶突然爆炸，溅出来的开水烫伤了一旁的许巍南后，这个家伙就像狗皮膏药一样死死地黏着她。

她经常会想，古代的丫鬟卖身为奴还有个期限，自己得何时才能熬到头啊。

负责许巍南每天的作业是日常必备，甚至连在校的水果时间、午餐时间，包括下午的点心时间也要随时陪同，不可擅离职守。但凡苏卿卿露出一丝不愿意的模样，许巍南便龇牙咧嘴，一副胳膊就要断掉的伤心模样："我这都是谁害的啊？我好端端的玉树临风英俊潇洒的一个人，现在被烫成这副'半身不遂'的模样，肇事者还不想负责任，天理何在啊？算了算了，我还是找肇事者的父母来商量商量，如何解决这个问题吧！"

一是问心有愧，二是的确怕父母知道自己在学校闯了祸。

于是，只要许巍南不提出太过分的要求，苏卿卿都默默忍耐并接受着。

平心而论，许巍南的要求也并不过分，毕竟当时热水瓶倒下来忽然炸裂时，是许巍南挡在她面前，否则当时被烫伤的就是正在喝药的她了。

苏卿卿偶尔也会想，她其实观察过桌子和自己的距离，也量过同类型热水瓶的长度，通过计算得出的结果是，热水瓶爆炸时她只要飞快地往旁边一闪，便不会被烫到。当然，她并不敢把这些想法告诉许巍南，否则她又要背负一条"忘恩负义"的罪名。

他们，就这样一直到了高三毕业，高考结束。

苏卿卿稀里糊涂地由报恩赎罪变成了许巍南的女朋友。

嗯，而且两个人还进了同一所大学。苏卿卿以省理科状元的身份考入 B 大。

# 六

你相信一见钟情吗？或者说是缘分。

转学进班级的那一次，并不是许巍南和苏卿卿的第一次见面，准确地说，并不是许巍南第一次见到苏卿卿。

高二暑假的一天，许巍南准备去便利店买东西，途中遇到一个背着书包的小姑娘。经过她身边时，他听到她脆生生的声音："这个样子啊，但是爷爷奶奶，我身上只有买资料剩下的十二块钱，好像不够带你们去店里吃饭。要不，我去便利店买桶装方便面吧，你们先将就着吃点，填饱肚子最重要呢！"

他一贯不爱管闲事，但最近好像听说有人装成老年夫妻，向过路的女孩子行骗，请求带他们去吃碗面或者是给点儿路费。如果是单纯又好心的学生妹带他们去所谓的"面店"吃饭，就再也出不来了。而防备心强些又善良的，则会被骗一些钱财了事，倒也无大碍。

许巍南的好奇心一下子泛滥起来，想要看一看这个小姑娘接下来会怎么做。

不多会儿，他看到穿着背带裤、梳着蘑菇头的女孩急匆匆地从便利店里出来，双手抱着两桶泡好的面，也看到了这对"爷爷奶奶"呆愣的表情。大概，他们也没想到会是这样的结果。

"可能会有一点儿烫，你们慢点儿吃啊，那个，爷爷奶奶不好意思啊，我还要赶着去补习班上课，再见啦！"

后来，命运让他和那个还没来得及相识的女孩重逢。

新学期的教室里，他再次遇见那个善良又单纯的女孩，她是新来的转校生，叫苏卿卿。

# 自此年华老去

　　我不知道前路如何，我只知道兜兜转转，该遇到的终会遇到，就算岁月苍老，我们努力着，终会相携到老。

苏亚来到这个古镇已经第五天了，清晨起得略微晚些，便赶上了上班潮。路人大多行色匆匆，小贩的吆喝声与空气中逐渐弥散开的热意交织在一起，让人莫名感觉到一丝烦躁。

苏亚在早餐店买了豆浆油条，正准备回酒店，转身却看到了莫醒白。

已是仲夏天气，一切声响像是倏忽间寂静下来，空气中的热气仿佛也散去了。而他，对着她笑，一如当年。然后他走过来，对她说："苏亚，好久不见。"

年少不再时，忆及往事，苏亚无数次设想过别后重逢的场面，也无数次设想过重逢时的心情，冷笑、漠视，或者说相逢一笑泯恩仇，都没有此刻来得这般真实。曾经痛苦得恨不得把对方挫骨扬灰，如今竟然能够平静地跟他坐在茶楼里叙旧。她看着楼下被风吹得微皱的河水，心中暗自感叹世事无常。

莫醒白料想到她会失神，细心地帮她把茶沏好。苏亚礼貌地道谢，便不再言语。细若微丝的尴尬气息和昆曲唱腔不动声色地结合在一起，苏亚竟没觉得不安，怡然自若地品起了茶。

"这几年过得还好吗？"莫醒白声音沉静，像极了应酬场合惯用的寒暄。

"嗯，还可以。"

"怎么说？"

苏亚感到一丝诧异，不经意地皱了皱眉："吃得饱穿得暖，工作顺心身体健康万事如意一切都挺好。"

"就差个如意郎君？"

苏亚轻轻地笑了笑："我已经订婚了。"

莫醒白愣了一下，淡淡地看着她，唇边带着疏离："那还真是完美，你在这里工作？"

"不是，就是来走走，你知道，总处于工作状态毕竟不好。"

"那你活得挺惬意呀！"

"嗯，你怎么样？"

"还说得过去。"

"嗯……"苏亚缓缓啜了一口茶，清明前龙井的味道，甘甜清香。

离开茶馆后，苏亚接到了秦穆的电话，大抵是问她早饭吃过了没有、要注意安全之类的。回到酒店，苏亚拆开袋子，豆浆已经凉掉。

她呆呆地坐在床边，从包里拿出一条银制项链，放在掌心细细摩挲，心情复杂。

莫醒白是苏亚的初恋，而初恋大部分是修不成正果的。彼时的苏亚不信邪，满脑子心心念念都是和莫醒白在一起的未来。好友善意劝她，爱情这东西太无常，要留三分心保护自己，不能太过投入。但她还是信誓旦旦地说，他们是奔着结婚去的，任何困难都不能阻碍他们携手走向未来。看着她眼里的熠熠星

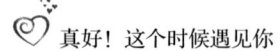

光，好友的不安最终被祝福代替。

她本来如此笃定要做他的新娘，可现在，即将与她携手走进礼堂为她戴上戒指的人，却不是他。年少时的那些誓言和承诺，无论当时包含多少热血与真心，在日后却只剩下各奔东西的苍凉感触。

苏亚和莫醒白初识在大学。犹记得那日阳光正好、春意无限，苏亚在宿舍待不住，随意带了本书就去附近的小山坡。许是春光惹人困，没多久，她就靠在树上睡着了。阳光透过树叶间的缝隙缓缓洒落下来，投影在她的脸上，形成柔和的光感。

莫醒白从图书馆出来，路过这里，不经意的一眼竟让他停下了脚步。他站在那里，深深凝视，觉得心中有些地方如同这季节一般，春暖花开。

睡得正香的苏亚只知道，那天她睡醒后，手里多了一张纸条，清雅隽秀的笔迹写着："遇到喜欢的人，就像浩劫余生，漂流过沧海，终见陆地。"虽然觉得奇怪，她还是将那张字条妥善收好。

莫醒白第二次见到苏亚，是在学校礼堂。当晚要举行晚会，每个人都在忙着对接彩排，唯独她蹲在一旁对着宠物狗发呆，一副十分无聊的模样。

莫醒白将手里的工作安排给其他人，走到她面前，微笑道："嗨，你好。"

苏亚抬头，在脑海里搜寻大半天，实在没有相关记忆，于是淡淡微笑说："你好。"

"我叫莫醒白，财贸系五班。"

"嗯，我是苏亚。"

之后两人顺理成章地成为朋友，继而相恋。

苏亚生平第一次有这种感觉，生命历经艰难，偎在他怀里足以抵挡任何风霜雨雪，只要他在，便是四季花开，连死亡也不畏惧。

临近毕业，莫醒白突然跟她说分手。她茫然无措，死活挽留，可他却残忍到不给她半点机会，和另一个女生的恋情活生生地撕扯着她乞求的最后一点自尊。

此后，莫醒白像是消失了一般。她慢慢舔舐伤口，绝望的时候便开始酗酒，生活中任何一个与他有关的场景，都能让她泪流满面。

她花了整整一年的时间疗伤，直到那次去电影院观影，大圆满的结局击碎了她的痛点，她突然释然，彻底放了手。

之后她认识了对她百般呵护的秦穆。最开始她固执地坚持单身，最终敌不过时间，选择了归宿。那时苏亚笃定地以为，她这辈子再也见不到莫醒白了。

窗外的天空碧蓝如洗。苏亚在网上订好车票，虽然发生了一些插曲，但她的告别之旅也该结束了。

收拾好行李，退了房间，走到酒店门口却又看到了莫醒白。他斜倚着门，眉头深锁，看到苏亚便径直走来接过她的包："我送你回去。"

"不用了，我订好票了。"

"退掉！"口气里带着不容置疑的绝对。苏亚轻轻地叹了口气，跟他上了车："其实，我可以自己回去。"

"现在我住锦城……"

"我知道……"

苏亚心情有些沉重，一直看着窗外，不知不觉竟然睡着了。再醒来时，发现自己竟然在大学门口。

"来这里做什么？"

"回忆。"

苏亚沉默，心中怆然。

"苏亚，你只能嫁给我。"

"莫醒白，这样做有意思吗？"

莫醒白摇下车窗，风吹过，有些凉意："你知道当初我为什么和你分手吗？那时我没有工作没有背景，没有车没有房，你跟着我只能受苦。"

苏亚冷笑。

"在没有能力照顾你之前，我不能耽误你的青春。那时候，我爸的公司陷入危机，欠了好多债，我不能那么自私地把你捆在我身边。我知道当初那样做很幼稚，但我只想逃避，所以一味地推开你，对不起。"莫醒白正视着她，眼里的痛一览无余，"苏亚，对不起。"

苏亚指尖微微颤动："莫醒白，要说之前你在我心中还有什么美好回忆的话，现在的你，让我觉得恶心！"

苏亚决然地离开，莫醒白没有去追，他知道彼此相隔太多时光，如今的说辞，从另一个层面代表了他对她的不信任，以及对他们感情的不确定，这无疑会让苏亚将他打入万丈深渊。莫醒白靠着车窗，目送她离去的背影，深深地叹了口气。

苏亚在出租车上回想着莫醒白的话，心中气急，眼泪不争气地流出来。回到住处，秦穆正在厨房里做饭，苏亚从背后轻轻地抱住他。秦穆以为她坐车累了，转身抱住她："快去洗手，准备吃饭。"可苏亚还是未动。秦穆轻声叹了口气，腾出手关掉火，任由她一直抱着。

"秦穆，你爱我吗？"

"爱……"

"嗯，我们结婚！"

"傻丫头，我们不是已经订婚了吗？"

"我们结婚！"

"好，结婚！"

苏亚试婚纱时，正巧秦穆公司有事没陪她。看着镜子里自己精致的妆容，苏亚一瞬间有些恍惚，好像莫醒白就在不远处。试了几款，都不太满意，心情反而平静了，像是自然地接受了这个结果。

准备离开时，店员递给她一个盒子，说是有位先生给她的。苏亚心中觉得奇怪，打开一看，顿时泪流满面。那是一件嫁衣，上面还有一张纸条：遇到喜欢的人，就像浩劫余生，漂流过沧海，终见陆地。

店员从未处理过这种情况，慌乱地拿着面巾纸往她手里塞，她哭得如此伤心，直到眼前的世界变成一片花白。

醒来后，苏亚发现守在身边的莫醒白，轻声问："秦穆呢？"

"走了……"

苏亚挣扎着想要坐起来，却发现丝毫没有力气。

莫醒白补了一句："秦穆让我带句话给你，他说他想看你真的幸福。"

苏亚瞪了他一眼："秦穆就是我的幸福，我们就快结婚了，我要找他，你把手机给我。"

莫醒白拗不过她，将手机递过去，苏亚拨出一串号码，语音提示已关机。

"你到底跟他说了什么啊？"

"你晕倒，是秦穆送你来的医院。"

苏亚愣了一下："你走吧！"

"亚亚，不管怎样，我会等你。"

苏亚看着窗外桃红柳绿，心里却一片苍茫。

莫醒白轻声离开，他知道他们需要时间，他也知道他终会等到她。

醉过才知酒浓，爱过才知情重。我不知道前路如何，我只知道兜兜转转，该遇到的终会遇到，就算岁月苍老，我们努力着，终会相携到老。

# 橘子味蛋糕

　　橘子在未成熟时酸涩苦人，成熟后甜蜜入口，就像他的橘子小姐，在了解后方知，她是独一无二的珍宝。

蛋糕先生第一次见到橘子小姐，是在一个周末的清晨。阳光洒在客厅不算干净的地板上，房东拉着橘子小姐亲切地介绍："这是与你合租的室友，以后要相互照顾。"

蛋糕先生半梦半醒，连橘子小姐的脸都没看清，半眯着眼将房间的门关得嘭嘭作响。

睡到下午，蛋糕先生起身去冰箱里找吃的，看着干净到反光的地板，转身见橘子小姐拿着拖把，一脸不高兴。蛋糕先生恍惚间记起早晨的事情，对着新室友腼腆一笑。

"你拖鞋到底几年没刷了，我刚拖的地板，被你走出一地脚印！"

看看身后踩出的一路脚印，蛋糕先生挠着头不好意思地笑了笑："男人嘛，邋遢点也正常，麻烦你了！"

橘子小姐撇撇嘴，将手里的拖把递了过去："公平起见，你把地板弄干净。我拟了一份共同居住友好协议，你待会儿来签一下。"

蛋糕先生接过拖把，看着眼神快要飘到天上的橘子小姐，暗自腹诽了几句。

第一条：不得擅自闯入对方的卧室，有事先敲门，进去后不得东张西望，未经室友同意不得乱翻东西。

第二条：不得擅自将朋友（尤其是恋人）带来居住，若有必要，需提前征得对方同意。

第三条：不得大声喧哗，客厅卫生间轮流打扫，每天两次，一人一天。

看着七八页条款声明，蛋糕先生对橘子小姐的些许好感荡然无存，不情不愿地签了字。

当性格邋遢的蛋糕先生遇见严重洁癖的橘子小姐，产生的化学反应便是合租屋内每天鸡飞狗跳般的争吵。

蛋糕先生想，要不是为了省好几百的房租，他铁定不遭这罪。在家像坐牢，出门像放风，回家都没有好心情。橘子小姐的古怪秉性，他实在难以接受。

洁癖、脾气暴、强迫症、强势专制、个子矮，各种找碴儿。

这是蛋糕先生对橘子小姐的全部印象，除了长得好看点，再无一处可取。

蛋糕先生在一家国企上班。由于性格温暾，对讨好领导之道并不擅长，同期的同事们不断升职，他却依旧在原地踏步。好在对生活向来没有什么追求，虽不富裕，却不紧张。

事业稳定后，蛋糕先生开始寻思恋爱，而身边的好友大多已经成家。近两年参加婚礼出的份子钱加起来，就是好大一笔开支，而自己的另一半还没有着落。

蛋糕先生心里着急，却无可奈何，私下想想择偶标准，总与温柔贤惠脱不了关系。这种感觉，在遇见橘子小姐后愈发明显。

蛋糕先生最喜欢的水果是草莓，他觉得草莓甜美水嫩，咬一口能美到心里。对于橘子，向来是半片不沾，他讨厌它那酸涩的味道。

他本以为，自己和橘子小姐的缘分止于那份租房条约，时间一到，他们便是陌生人，不会再有联系。

可世事不会按照想象的发展，蛋糕先生时常想，自己若没有替橘子小姐接那通电话，是不是就不会有那么多后续剧情。

那天，蛋糕先生在客厅看搞笑片，橘子小姐放在桌上的手机一直响个不停，他本想替她接，可又想起自己签的那一堆条约，念头随即熄灭。

那来电却不依不饶，不间断地响起，蛋糕先生最终按下了接听键。

"你好，请问是橘子小姐吗？这里是首都汽车站，你母亲在这里等了大半个小时了，你快来接她吧！她为了早点儿来见你，连午饭都没吃呢！"

蛋糕先生答应了几句，穿好衣服就向汽车站赶去。

在母亲到来之前，橘子小姐对蛋糕先生的印象一直很坏。

怪癖、邋遢、没有上进心、懒散、性格软趴趴，一点儿男子气概都没有。

那天，她没脑子地将手机落在家里，中午回来后发现手机里一堆未接来电，全是母亲的，心中恐惧感顿生，正打算回拨，就看见蛋糕先生的字条：我接了你的电话，你妈妈来了，我去汽车站接她，不用担心。

橘子小姐吁了口气，打给蛋糕先生："你在哪儿？"

"我跟伯母在西街吃饭，顺便带她逛逛，你到西街门口打我电话。"

橘子小姐飞快下楼，打车去了西街。

看到母亲的一瞬间，橘子小姐的眼泪不争气地流了出来："不是说明天来吗？怎么不提前跟我讲，你知道这城市有多大吗？万一迷路了怎么办？你知道这城市的人们有多冷漠吗？你这样我很担心啊！"

母亲笑笑，伸手擦擦橘子小姐的眼泪："妈不是想早点儿见到你吗？妈今天遇到很多好人，你朋友还带妈去吃饭了呢！"

橘子小姐看了看站在一旁笑容腼腆的蛋糕先生，有些不自然地说了一声："谢谢。"

母亲只待了两天，就回去了。

日子还是一样过，橘子小姐和蛋糕先生的气氛却缓和了不少，两人的相处渐渐变得融洽起来。

其实蛋糕先生的脾气本就很好，只是橘子小姐总是不依不饶地念叨，让他觉得烦了才顶几句。

可渐渐地，蛋糕先生发现，橘子小姐不再像以前那样总是跳脚了。两人各让一步，自觉地做好本分的事情，蛋糕先生尽

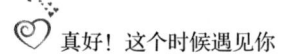

量不邋遢，橘子小姐尽量不计较。

为了节省开支，橘子小姐开始在家里做饭，而且会习惯性地带上蛋糕先生的那份。

蛋糕先生对橘子小姐的印象逐渐改观，有时候看见橘子小姐在热气氤氲的厨房里忙碌着，他觉得特别温暖。

橘子小姐生日那天，蛋糕先生买了一个蛋糕。吃完饭后，两人坐在阳台上聊天。

"我妈的事儿，谢谢你啊！"

"你当时不就谢过了吗，还要谢？"

"不知道，就想谢谢你咯！"

"你傻不傻！"

橘子小姐看着蛋糕先生的笑容，心中某个地方阳光明媚。

没多久，蛋糕先生和橘子小姐在一起了。两人的感情越来越好，蛋糕先生便在心里盘算起求婚的事来。

恐惧感是伴随着爱而增加的。蛋糕先生越来越爱橘子小姐，也越来越怕失去。在意识到一个人的好的同时，也会发现自己有越来越多的不足，例如他想给橘子小姐一个家，存折的数额在除掉首付后所剩无几，他想给橘子小姐一场体面独特的婚礼，又显得捉襟见肘。

可他们总不能一直蜗居在出租屋里吧！

蛋糕先生变得忙碌起来，早出晚归，连周末也不再有空。

橘子小姐渐渐开始感到失落，过节时她一个人，吃饭时她一个人。她不知道蛋糕先生为什么突然变得忙碌，心中不安横生，便开始偷看他的手机，却发现他的社交软件已经很久没更新，登上去时蹦出好几百条消息。

她一边恐惧一边自责，却没有发现任何可疑迹象。关掉手机，她轻轻抱住了身边已经熟睡的蛋糕先生。

距离带来的，是心灵的疏离。争吵终于爆发，在两周年恋爱纪念日这天。

橘子小姐满心期待，蛋糕先生却一整天都没有踪影。橘子小姐做了一桌菜，一直等到深夜。

蛋糕先生回来时，橘子小姐坐在客厅里，神色疲惫，她说："分手吧，我好累。"

蛋糕先生一瞬间慌了神，蹲在她面前："别闹了。"橘子小姐不去看他，偏过头说："这样过还有什么意思，反正一个人习惯了。"

蛋糕先生突然想起今天的重要性，哑着嗓子一个劲儿道歉："亲爱的，再等我几天好吗？就等几天！"

橘子小姐不再理他，独自回到卧室休息，一连几天都没有和蛋糕先生说话。

一周后，蛋糕先生约橘子小姐出来，将求婚戒指藏在甜点中。

如此老套的情节，橘子小姐看着戒指暗想。却见蛋糕先生在她面前跪了下来："亲爱的，我终于攒够娶你的本钱了。我负责研发的产品获了专利。前段时间忽略了你，对不起，但我是真心的，真心要娶你的！

"我不是会给你惊喜浪漫的人，但是我保证我会对你好，我们的爱情虽然不会惊天动地，但绝对是历久弥新。所以，你愿意吗？给我一个机会，让我用这辈子来爱你！"

橘子小姐在蛋糕先生的怀里又哭又笑，手上的戒指在灯光的映照下，越发闪耀。

回家的时候，蛋糕先生对橘子小姐说："老婆，我们去买点橘子吧，家里没水果了！"

"我记得你以前喜欢吃草莓啊，为什么不买草莓？"

"现在换口味了，只爱吃橘子！"

橘子在未成熟时酸涩苦人，成熟后甜蜜入口，就像他的橘子小姐，在了解后方知，她是独一无二的珍宝。

他想，他爱吃橘子的习惯，这辈子怕是改不了了。

## 和别人谈起你，是我想你的方式

所爱隔山海，山海俱可平。但可寻所爱，永不弃己心。相遇的人终会再见，再见时便是重新续缘之时。

窗外正值三伏时节，余半夏坐在凉席上，抬眼盯着阳台外郁郁葱葱的绿树，耳边蝉鸣不绝。

微信群里的消息显示99+，余半夏不想去理会，作为资深话痨，她这次难得安静。

前天的同学聚会，她和班长热情张罗着，名单核对过了，内容也安排好了，一切尽在掌握之中。可谁能告诉她，身为主办人，她怎么不知道还有个惊喜环节，而这个惊喜就是陈倦的出现。

作为班里唯一一个留英高才生，大家和陈倦的联系确实少，可也用不着把他捧得这么高吧。

余半夏收起平时的好玩劲儿，坐在角落里当了一整晚背景板。

有没有人告诉过你，第一次见面心动的人，时隔多年后再见还是会心动？

那张眉峰凌厉的脸，曾是余半夏午夜梦回时的感叹。以前太荒唐，她连想都不敢想，更别说重逢。

过去这么多年，他怎么还是那么好看呢？

近三四年来，余半夏曾不止一次懊恼并后悔自己是个"颜控"。要是内心足够沉淀，不就遇不上这一遭事了吗？佛有八苦，矫情点说，八苦中唯求不得最苦。

奶奶端来一盘桂花糖藕，余半夏动了动鼻翼，久违的桂花香让她的心情瞬间明媚起来。

枕在奶奶的腿上，看奶奶慢慢地摇着蒲扇，她问："您跟爷爷是怎么认识的啊？"

奶奶把蒲扇拍到她脸上，轻轻呵斥说，小孩子家家谈这些羞人的东西。

她却在奶奶微恼的眼神里看见几分害羞，更缠着追问想要答案。奶奶拗不过她，只好答应，不过要等到她生日那天。

半夏半夏，她便出生在半夏之时。树叶绿得发油，阳光炙热烤人，这季节虽说生机勃勃，但也足够磨人。

生日快到了。

手机震动了两下，显示有一条未读信息，她知道是陈倦。

"你好吗？"

余半夏思虑半晌，回了个"嗯"。

陈倦这个套路帝，像眼镜蛇般危险。从大一到大四，他耽误了她两场恋爱。她一直以为他们会在一起，却不知道陈倦只撩不负责，当她明白时，已是两三年之后了。

在奶奶家歇了两天，余半夏回了南京。

虽说她任性恣意惯了，可好歹也是二十五六的人了，怎会不明白"责任"二字？她不能扔下一堆员工不管。

期间陈倦没有打过电话，只发了几条信息，都是些再寻常不过的问候。

往事这东西，适合下酒，若闲时被提起，定会熬到脾脏俱痛。

陈倦是余半夏的学长。

九月的天依然酷热，余半夏独自拎着行李箱办理入学手续。在成堆"小鲜肉"中，她一眼就中意了埋头写东西的陈倦。

余半夏一直相信一见钟情。

棕色的瞳仁，微卷的发梢，嘴角旁那颗微小的痣……陈倦的每个细节都吸引着余半夏。

大一时，余半夏会偷偷跟着陈倦去图书馆，坐在他身后，看着他的背影傻笑。她从来都不是学霸，可靠着偶尔翻翻课本的运气，期末竟意外考了第一。发奖状时，陈倦对她笑了笑，鼓励她继续努力。

上了大二，余半夏发现陈倦每晚会去操场跑步，她便跟过去，制造一次又一次偶遇。时间久了，二人竟然熟络起来。

余半夏的生日是 7 月 16 日，陈倦的生日是 6 月 17 日；余半夏一米六八，陈倦一米八六；余半夏喜欢张悬，陈倦喜欢方大同。余半夏想，他们真是天造地设的一对。虽然什么都反了，虽然张悬和方大同没有什么关系。

大三，余半夏开始对陈倦主动出击。

她问："陈倦，我能不能抢你做我的压寨老公？"

她说："陈倦，我的眼睛很好看，我的眼里有你。"

陈倦一副波澜不惊的样子，她说想他他就笑，不接受不拒绝，任由她吵吵闹闹。

桃花朵朵开的时候，余半夏骗陈倦说她有男朋友了。陈倦说猜到了，还说让她男朋友小心点，不然就要把她带走。因这一句，余半夏又开始穷追不舍。她总觉得陈倦像在玩套路，可自己心甘情愿，怪不得别人。

她上大四那年，陈倦毕业去了英国。

她曾经每天都像雀儿找食般谈论着陈倦，他在学校人气高，他情商高，他唱歌好听……他是她的风景，如今风景不在，只剩旧人。

大四下学期，余半夏决定认真谈场恋爱。谈了半年多，毕业时就散了，她始终找不到状态。

陈倦联系过她一次，她问："你和她好吗？"

"那你和他呢？"

"还不错，你呢？"

"她刚刚告诉我还不错。"

余半夏挂了电话。她始终不明白陈倦对她是种怎样的情感。她也胆小，没敢当面表过白。大大咧咧如她，只敢旁若无人地孤勇，受不起戳破伪装的真相。

可真相是什么呢？

她觉得，他不爱她。

余半夏生日那晚，奶奶拿出一个老式化妆盒，打开层层绢布，把一个银制的戒指放到她手里。

暖暖的灯光下，余半夏注意到戒指上的半朵莲花。

奶奶说，她这辈子最爱的人不是爷爷，而是一个叫南生的人。

南生是她家的长工。

奶奶是大户人家的女儿，也不知什么契机使两人擦出了火花，一发而不可收。想想长辈们也明白，他们怎样都不会同意的。

爷爷和奶奶是发小，感情自是亲如兄妹。无处排遣时，奶奶便同爷爷说了，爷爷回去想了一晚上，偷了家里的钱计划着三个人一起走，若是半路被逮住，就说是三人出游迷了路。

奶奶说，出逃那段时间，是她这辈子一想起来就会笑的时光。白天，南生出去做工，奶奶在家缝补，两相安好，好不快乐。

奶奶生日那天，南生带奶奶去了银匠店。一戒雕刻半莲，合二为一便是整体，这是他们之间的信物。爷爷觉得时机已到，安顿好他们正准备离开，刚走到渡口就被家人找到了。

爷爷谎称三人出游，回家后被逼着娶了奶奶。

那时还是女子贞洁大于天、父母之命媒妁之言的年代，长辈们以为爷爷和奶奶私奔了，一番掂量，门当户对，很快就为他们办了婚事。南生则被赶了出去，再无消息。

奶奶生性胆小，断然不敢再做什么违规的事情。爷爷和她说这辈子定会敬她爱她。慢慢地，这几十年就这么过来了。

余半夏听得如痴如醉，奶奶的爱情比不得电视上的狗血，但她从未想过会有这般曲折。

奶奶说，夏夏，遇到一个自己喜欢的人不容易，要珍惜。

余半夏点点头，心中想的却是，就算我有十分喜欢，人家却连半分都不到，这般无奈有何珍惜可言？

临睡前，余半夏收到了陈倦的信息，祝她生日快乐。她心中烦躁，搞不懂他到底想干吗，便起身披了件衣服坐在阳台上发呆。

"你信不信，有人翻山越岭只为跟你看一次星星？"

"不信，太傻了吧！"

"余半夏，我信。"

陈倦一直是个浪漫主义者。她有时觉得他是天生的行吟诗人，不动声色就能把你撩拨得心神荡漾，当你试图追随时，又摆出一副诗人孤独的姿态来拒绝。

当晚，余半夏许了个愿，希望陈倦远离她的生活。她知道自己的惰性，一遇上陈倦就跟丢了魂似的，脚底下即便是悬崖也会不吭声地往下跳。可她已不再年轻，没有时间去搏一段似是而非的爱情。

第二天，余半夏接了陈倦的电话："半夏，好像你一直就很迟钝，你看不出来吗？我一直很喜欢你。"

余半夏愣了半晌，说："你别逗了，你不喜欢我。你记不记得有一次，你突然跟我说你喜欢我，我信了。我以为我们要恋爱了，谁知道你再没下文。我好不容易鼓起勇气在微信上跟你告白，你却说我是喜欢你啊，不然怎么会和你做朋友呢？陈倦，我也有心，我是活生生的人，容不得你这样伤。"

余半夏一口气说完，电话那端没了声音。

良久，陈倦说："余半夏，我都奔三了，还要学追女孩儿。"

余半夏挂了电话。

她不知道他的喜欢有多珍贵，她也不想深究。她是喜欢他，最后会怎样，她也不知道，只能交给时间。

突然想起曾经看过的一句话：如果想念一个人，就会变成微风，轻轻掠过他的身边。就算他感觉不到，可这就是你全部的努力。

人生就是这样，每个人都变成各自想念的风。

一年后，陈倦和余半夏在南京完婚。

婚礼上，陈倦读了一首诗："一望可相见，一步如重城。所爱隔山海，山海不可平。所思隔云端，奈何凡肉身。愚公不复见，精卫长泣鸣。天神犹降怜，谁可恨终生。海有舟可渡，山有路可行。此爱翻山海，山海俱可平。可平心中念，念去无自唏。但可寻所爱，永不弃己心。"

所爱隔山海，山海俱可平。但可寻所爱，永不弃己心。相遇的人终会再见，再见时便是重新续缘之时。

你看，兜兜转转许久，你还是我的。

你注定是我的。

## 你收集了地图上每一次的风和日丽

洱海为证，苍山作誓，谢谢你让我遇见你。

周身被湿漉漉的气息包裹着，尤安从一场不能称好的梦境中醒来。

几近午夜，窗外黑漆漆一片，满耳潮水拍打岩石的声音。兀自发了会呆，想了想，还是给祁阳发了条消息："还在生气吗？"

半个小时后，依然没有动静。本是预料之中的反应，真实发生时尤安还是觉得很难过，像是肺部被塞了一团巨大的棉花，呼吸不得。

明明一个月前还满怀期待地计划，明明三天前还腻得像芝麻味的麻薯，今天却只剩她一个人在房间里发呆。

她不过就是偷偷把他的手机关了半天，至于生那么大的气吗？还冷着脸甩下一句："我虽然爱你，但不代表无节制地宠你。"她也不能未卜先知，哪知道他有一个大合同要谈，还是美国的单子。

刷了会儿朋友圈，尤安本想订第二天的返程机票，到时候好好跟祁阳道歉，软磨硬泡撒个娇求原谅，这事儿也就过了。

待支付时却迟疑了。跟祁阳交往这么多年，她总是害怕是被放弃的那一个。主动久了也会累，她虽然没心没肺，不代表不会难过。

这次大理之行，尤安念叨了好久，最后祁阳不得已才同意。尤安知道他一向对旅游没什么兴趣，全身心都扑在工作上，可好歹这是他们五周年的纪念日呀。洱海双廊，古老质朴的古城，盘旋着海鸥的小普陀，一切都能满足尤安的文艺心。

最重要的是，祁阳在，这世界所有的美景都不及他那张脸。

上网看了攻略，定了路线。尤安决定独自游大理。既不可辜负这良辰美景，也可多利用这段时间好好想想，她是不是真的有那么离不开祁阳。

尤安一直觉得，洱海最美的时刻是下午四五点。海浪声声，落日缓缓，笼罩在天边灿烂的火烧云霞，一切犹如神迹。

喜欢是乍见之欢。

尤安想起了她第一次见到祁阳的场景。学生会招新宣传，她好奇地凑进去看，简介没入眼几份，心思却全被坐在一旁的帅哥吸引了。这个帅哥就是祁阳，学生会主席，她眼里的才高八斗天人之资。

尤安毫不犹豫地报了名，开始了追求"男神"的长途跋涉。

有女生骂她有心机，可她当时也不知道祁阳怎么会答应她的追求。

那次她搞砸了一个活动，整个会场的人都在冷眼旁观，负责老师把手里的文件摔得砰砰响，尤安强忍着眼泪不为自己辩解。那天，是祁阳帮她解了围。事后他们就在一起了，莫名其妙到让她失眠了好几天，每天都处在狂喜中。

尤安问祁阳为什么会喜欢她？祁阳回答得极其随意，大意是说如果不答应，她会变成一个伤心的肉圆子，他不想每年过年时有阴影。

尤安气结，她哪里像肉圆子了？虽然脸上肉多了点，那也算婴儿肥。好歹她也长了一米六八，谁见过这么高的肉圆子？

思绪被手机铃声打断，尤安简单地交代了工作注意事项，回想起开始交往时的糗事，"扑哧"一下笑出了声。

听到按快门的声音，尤安转头，始作俑者正摆弄着相机看照片，尤安皱起眉，一脸防备地看着他。

"不好意思啊，我刚刚拍洱海，镜头没注意带进来的，你笑得真好看！"

面前的男生穿一身休闲白衣，隐隐有木村拓哉的感觉。

尤安不想搭理他，收拾东西欲起身离开。

"我叫尤里，不介意的话一起喝杯咖啡，我给你看看照片。"

"不了，我男朋友不喜欢我跟陌生人喝咖啡。"

回到房间，尤安想着在大理，每天都有如此多的邂逅与艳遇，每天都上演着俗世间的悲欢离合，虽然短暂，但足以撑起记忆里的一方天地吧！

手机震了两下，是祁阳发来的消息。

跟客户谈好合同，祁阳买了杯咖啡，拿出手机竟然没那个小人精的来电。

想到之前扔下她回上海，话确实说重了，可那个客户很重要，他一时气急就订了机票。本以为尤安会跟着回来，可几天过去了，连消息都没一个，朋友圈倒是美景美照没少更新。有几张照片明显是别人拍的，尤安穿着吊带裙，对着镜头甜甜地笑，祁阳心里有点儿醋意。

别扭了一会儿，他发了条消息："玩够了没，什么时候回来？"

本来以为尤安会秒回，谁知等了一晚上也没动静，他心里莫名烦躁起来。他们在一起五年，他深刻体会到了什么叫一物降一物。他性格偏冷，尤安偏暖。

休息日，祁阳耳边总是充斥着尤安的声音。

"祁阳，你看我新买了一件衣服，我穿给你看。"

"祁阳，我们来把家里的碟收一收吧，都摆一堆了。"

"祁阳，你过来帮我拧一下衣服，我拧不动。"

拧干衣服后，祁阳严肃地说："安安，你能不能给我一点儿看书的时间，一上午我这书才翻了几页。"

尤安像个小仓鼠似的抱起手保证绝对不吵他，可没过一会儿又故态复萌，搬个凳子坐在他身边，眨巴着大眼睛无辜地盯着他看："祁阳，你为什么长这么好看啊，我怎么会这么爱你呀？"

祁阳啜饮着咖啡，思绪缥缈，习惯了她吵吵闹闹，突然安静下来，竟然不适应了。这丫头，玩得这么开心，在跟我赌气吗？这么久都不回。

第二天中午，祁阳正在刷财经新闻，手机蹦来尤安的消

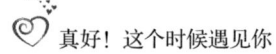

息："给我点儿时间好好想想，我们都冷静一段时间吧！"

祁阳心脏突突一下，她什么时候也会思考了。他马上联系秘书，推了几天的行程，重新订了去大理的机票。

早知道还得回去，当时说什么都不会把她一个人扔在那里，这下好了，他虽然在商场上干脆利落，游刃有余，可让他哄尤安，他是真的要抓耳挠腮了。

祁阳想起这些年，从大学到工作，尤安一直像个小傻子一样待在他身边，一直以为是尤安离不开他，现在才发现，尤安已经成为他生命中不可分离的一部分。准确地说，是他离不开尤安。

尤安去下关，逛古城、小普陀。一连去了几处景点，发现尤里总跟着她，一脸乐呵地对着她笑，时不时给她拍几张照片。任尤安再冷血，面对这样笑得阳光灿烂的男孩子，也不忍心斥责。

尤里不找她搭话，保持在几十米的范围，安安静静地拍照。

最开始尤安躲着他，后来见他没有恶意，便默许了他的跟随。有一次，尤安逛到了电影里的那个清吧，便进去点了杯饮料坐了半天。

尤里说："我给你看看照片吧！你笑得真好看，我说真的。"

祁阳不会拍照，尤安一直也没什么好看的风景照。乍一看尤里镜头中的自己，萎靡的心情顿时增添了一份生机。

"要不你就做我的模特吧，一个人的旅程多无聊呀！"

尤安拷了几张照片，礼貌地拒绝："我男朋友比较小心眼儿，他应该不喜欢我做别人模特。"

尤里耸耸肩："那旅友怎么样？"

尤安觉得有点儿不耐烦，拿起包就走了。

前前后后在大理转了几天，还是最喜欢洱海。

尤安觉得该回去了，可当看到微信上祁阳发来的定位时，她的心情瞬间明媚，对着手机呵呵笑了好久。

一路上盘算着要高傲，要冷艳，要当小祖宗，却在见到祁阳的一瞬间再也绷不住了，扑到他怀里，蹭了好久脸上的肌肉："祁阳祁阳祁阳……"

祁阳板着脸问那些照片是谁拍的，技术那么烂。

尤安看着祁阳，笑成了一朵花："嘿嘿，不用在意，我也觉得拍得烂，毕竟是路人。"

祁阳摸着她的脑袋问："尤安，你有没有想象过你为人妻的样子？"

尤安一愣。

"你要不要当我老婆？"

"不要！"

"为什么？"

"祁阳你这个傻瓜，你下跪了吗？戒指呢？还有浪漫的求婚场景呢？你什么都没有，凭什么以为我会答应！"

"所以，你到底同意不同意？"

半晌，尤安软糯地应了一句："好。"

我多幸运，千万人中遇见了你。你给予我所有的温暖，安心，幸福，我虽不说，却全都妥善收藏，细心安放。

我多幸运，拥有你，所以尤安，嫁给我好吗？

洱海为证，苍山作誓，谢谢你让我遇见你。

# 沉香屑

花立时谢了，又是寒冷与黑暗。

——张爱玲《沉香屑·第一炉香》

初识张凉，像是冥冥中自有注定一般，穿越酒吧的嘈杂混乱，林薇薇一眼就看到坐在吧台前独自啜饮的白衣少年。那少年仿佛将世间这万般灯红、千般放纵都阻绝在周身之外，只一眼，竟让她看呆了。

身旁一起玩乐的姑娘们早已滑入舞池，跟随节奏，以极尽妩媚的姿态释放着躁动不安的青春。十八九岁的女孩，不甘终日与端盘子、打扫卫生为伍，无奈学识浅薄，只能找到类似工作，而这放纵似是能将落差抹平，即使了然只是自我安慰。

林微微在舞池里搜寻了一番，转眼又注视着那少年。鬼使神差般，她坐到了那少年的旁边。

"老板，一杯血腥玛丽。"

林薇薇晃动着玻璃杯，看着瑰红的液体波光流转。亮蓝色的紧身上衣，尺度恰当的短裙，将她的身形衬得无比匀称，整个人添了一抹魅惑。

要是平时，林薇薇稍微勾勾手指，一个微笑就能拿下目标。可今日，坐在这少年旁边，林薇薇第一次对自己引以为傲的妆容打扮感到嫌弃，晃着酒杯的手也微微颤抖，只敢用余光捕捉身边人的情绪，不敢轻易搭话。哪怕对方表露出一丝不屑，都能将她掩饰完好的骄傲打回原形。

那少年似是没注意到身旁女子情绪的起伏，依旧自顾自地喝着酒，眼神中有种看不清的迷离与悲伤。不一会儿，面前已经摆满了空杯子，少年也呈现酒醉状态，趴在桌子上嘟囔着什么。林薇薇想，一般这种反应都是失恋了吧。

桌上的手机一直在震动，总不能把他扔在这里，她便自作主张接了电话。

"张凉你小子跑哪去了，你知不知道兄弟多担心你啊！不就为了个许然嘛，多大点儿事啊，你难过兄弟陪你喝酒，可你不能搞失踪啊！"

"你好……"

"你哪位啊？张凉呢？"

"他在 MARS 喝醉了，我坐在他旁边，所以……"

"你帮我看一下他啊，我马上就过去，谢谢谢谢！"

"好……"话音没落，对方就已经挂了电话。

林薇薇仔细端详着张凉。凛冽的剑眉，高挺的鼻梁，五官精致如画中人物，这么干净的人，怎么有人舍得伤他呢？

有几个男人过来搭讪，林薇薇冷脸拒绝，那些人骂骂咧咧地走了。可这一下也把她拉回现实。够了林薇薇，你脑子里乱七八糟地想些什么，简直痴心妄想。心情不觉烦躁起来，将血腥玛丽一饮而尽。

没过多久，一个穿棒球服装的男生从门口进来，看到张凉后便直接跑向吧台。见张凉已经醉死完全没有反应，男生只好向林薇薇求助，两人合力把张凉拽出了酒吧。

"今天谢谢你啊，我叫徐嘉，你呢？"

林薇薇有些慌，小声说："林薇薇。"

"那行，人我先带走了啊，有缘再见！"

目送着慢慢离开自己视线的出租车，林薇薇叹了口气，有缘再见，估计没缘了吧！发消息给一起来的姑娘，说自己先回去了。

就算是盛夏，深夜里穿得单薄还是觉得有些冷。林薇薇在便利店冲了杯热奶茶，想起这么多年在外面打拼迫于生计的日子，还真是无奈。可活着总得给自己希望，就算只是一杯奶茶，此刻能温暖她的心，就足够了。路遥马亡，天寒地冻，她不想经历，却一直在路上。

回到狭小的出租屋，二十平方米的空间里只有一张床、一个柜子，刻薄的房主不让使用卫生间，她只能每天跑十分钟去公共厕所。做服务员的绵薄工资在交了房租、吃喝玩乐后所剩无多，但每个月一定会留一些给奶奶寄回家。

林薇薇算是命苦之人，从小与奶奶相依为命。

父母在时，一家四口倒也其乐融融，父亲做小本生意，母亲专职家务，日子虽不富裕却也充实。林薇薇的出生给这个家带来了更多的喜乐。为她起名的时候，父亲眯着眼睛想了很久，说就叫薇薇吧，你看，薇薇，连提到的时候嘴角都是上扬的。母亲点头。阳光变得温暖，穿过窗户折射在每个人的心中。

可好景不长，父亲被好友设计陷害，生意亏本，上门要债的把家里的东西破坏殆尽。那时候林薇薇四岁，已经开始记事。父亲无法面对自己的失败，除了与酒做伴，还迷上了赌博，终至家徒四壁。母亲心灰意冷，带着行李偷偷离开，却因牵挂女儿回来看过她一次。为了挽留母亲，父亲拿刀砍了自己的无名指，发誓再不沾赌。母亲被吓得魂飞魄散，假装同意，第二天便彻底远走高飞。

父亲痛定思痛，决定外出谋生，可多年没有音讯。林薇薇一直跟着奶奶生活，家中经济本就拮据，所以只能供她念到初中毕业。她真的很爱读书，也爱奶奶，可是看着奶奶愈发苍老，她最终放弃了学业，背上行囊出来打工，如今，已是第三个年头。

关了灯，脑海中浮现出少年精致的模样，微叹了口气，渐渐入睡。

本以为和那白衣少年再无交集，可命运总是无常。随着外卖潮流逐渐兴起，林薇薇所在的饭店也开始增加外卖服务。

正巧那天外卖小哥有事，老板便让她去送。在 C 大逛了十几分钟还是没有找到源思楼，心里抱怨着大学的构造，隐约听到一阵钢琴声。心中好奇，循着声音走到琴房，透过窗户往里面看，弹琴的竟是张凉。只见他闭着双眼，天籁之音从指尖倾泻而出。这扇门像是隔绝了两个世界，门里的他温润高贵，门外的她卑微低落。

正想悄悄退去，迎面走来一群人，她便上去问路："同学，请问你知道源思楼怎么走吗？"

"哇哦，美女诶，徐嘉你小子命好啊，长得帅就是有美女搭讪！"

徐嘉？好熟悉的名字，细看时，徐嘉也皱眉打量着她。

"是你！"两人几乎异口同声叫了出来。

林薇薇不好意思地笑了笑，徐嘉马上把张凉从琴房里拽出来，自作主张带他们去了学校附近的一家咖啡店。

林薇薇有些莫名其妙，想着外卖时间要过了，担心老板责罚，但又不想错过与张凉待在一处的机会。徐嘉见她一脸纠结，便笑着说没关系，帮她把外卖送了过去。

林薇薇偷偷瞄了一眼张凉，对自己送外卖的身份有些忐忑。可张凉一直是淡漠的表情，林薇薇看不出什么，心中有些失望又有些庆幸。

徐嘉回来后开始正式介绍："林薇薇，你喝醉那天是她帮忙我才找到你的。"

林薇薇有些局促不安，连忙摆手说是举手之劳。

一直看着窗外人潮涌动的张凉淡淡"嗯"了一声："我有印象。"

徐嘉一副惊讶的表情："你不是喝醉了吗？"

"我又不是失忆了。"

林薇薇心中惊喜，跟着徐嘉呵呵地笑了。

一下午，林薇薇听徐嘉讲述大学里的趣事，听得如痴如醉。张凉依旧看着窗外，一脸沉默，徐嘉不管他，跟林薇薇解释说，他就是这脾气，让她别见怪。林薇薇浅笑不语，只是张凉那总是微微皱着的眉毛让她有些好奇，而且微微地心疼。

也许是接触的人不一样了吧，林薇薇几乎不再去夜店酒吧，闲时倒是喜欢捧着书看。徐嘉总约林薇薇一起出去玩，饭店中午和晚上是高峰期，下午一般较为清闲，他们也有时间聚在一起。

张凉也慢慢改掉了之前淡漠的态度，心情好的时候会和徐嘉说笑。有时候林薇薇也会奇怪，为何自己有这么大的福气可以和他们这样由认识到熟知。许是太过珍惜，所以纵然有疑惑也不愿深究。

林薇薇提前到了咖啡店的老位子，等了一会儿只看到了徐嘉，她敏感地察觉到有什么不对，便小心地问张凉怎么没来。徐嘉一副苦恼的模样："他啊，终究是过不了许然的蛇蝎美人关。"

"蛇蝎美人关？"

徐嘉看了林薇薇一眼："对啊，许然就是那个蛇蝎。"

"为什么啊？"

"这说来可就话长了。许然原本和我、张凉是铁三角。许然是'女神'级别的人物，也是张凉的女朋友，无论是外表还是内在修养，他俩都是绝配，两人感情很好，可前段时间许然把张凉给甩了，就那次，张凉去了酒吧，然后碰见了你。"

林薇薇有些好奇："许然为什么要离开张凉啊？他们感情不是很好吗？"

徐嘉表情突然凝重起来，轻轻叹了口气："物质和爱情相冲突的时候，你会怎么选？"

林薇薇思虑片刻："物质和爱情怎么会冲突呢？还不是要的太多了，归结起来是欲望作祟吧！像我，每天工作用双手养活自己，拿到工资的那一刻就很幸福了，感觉下一个月可以活得好好的。可能人得到的越多想要的就更多吧！反正每天能吃饱，每月有一些余钱就是很让我开心的事情了！"

"你还没回答我，你会选择哪一个呢？"

"遇到的问题不一样，选择也不一样，我真没法回答你。"

徐嘉叹了口气："你们女生的心思就是让人搞不懂，许然因为争取系内交换生的名额和教导主任的儿子在一起了，可怜的许然，自鸣得意地以为前途无限美好，殊不知她放走了真正对她好的人，更重要的是，那个人还是个低调钻石男。"

"你还没跟我说张凉去哪儿了呢？"

"今天许然就要去美国了，张凉不是去送她，就是去琴房了，手机打不通。"

林薇薇有点儿着急："你怎么不去找啊？万一出什么事呢？"

"感情这种事，唯有自渡！"

徐嘉坐了一会儿觉得心绪不宁，先走了。林薇薇坐在张凉经常坐的位置，向窗外看去，突然间眼泪就流了下来。

穿过灯影闪烁的人群，像是下了决心一般，她打电话给徐嘉，问出了一直藏在心底的疑惑："徐嘉，为什么会选我？为什么是我站在许然的位置上？"

电话那端沉默良久："薇薇，我知道你对张凉的感情，对不起。"

"为什么？"

"当初见你第一眼，我觉得你和许然有些相似，性格却千差万别，我就想能不能借助你的力量让张凉好受一些。"

木然地挂掉电话。林薇薇，你又一次被抛弃了……

徐嘉再见林薇薇是在三年后的学校操场。春日的阳光带来无比的暖意，徐嘉有些尴尬地朝她微笑。林薇薇却满不在乎，走过来和他打招呼："好久不见，徐嘉！"

"好久不见！"

"有空坐坐聊一聊吗？"

"好啊！"

还是之前的咖啡馆，隔了三年，毫无变化也能生生地看出些沧桑。

"这三年你过得好吗？"林薇薇慢慢地搅动咖啡，唇边带着自信。

"很好，你呢？"

"我也不错。"

"……我找过你，老板说你辞职了，一直想当面跟你说声……"

"哎哎哎，谈这些陈年往事做什么！"

徐嘉笑了笑，表情有些释然："你怎么会来我们学校啊？"

"我来做签售。"

徐嘉皱着眉头想了会儿，惊讶地拍案而起："你不会就是作者薇薇安！"

"嗯哼。"

徐嘉笑起来，想不到三年变化如此之大："大作家，给我签个名呗！"

林薇薇不理会他的要求，聊了聊近况，留了联系方式，互相道别，微笑转身。

她偶尔会想起当年自己与张凉和徐嘉之间的往事，其实受益最多的还是自己。因为遇见他们，所以有了让自己更加努力的动力，或许这就是相遇的意义。

涤尽苦难，涅槃重生，好在自己一直没有放弃希望，终于迎来阳光。

至于张凉最终和谁在一起，她也不想去理会，那年，徐嘉疯了似的找自己，请老板转交给她一封信。她就想，自己现在可以和他并肩而立，可最终能否在一起，就看天意吧。

如果，对的时间遇见对的你

## 如果最后不是你，是谁我都不将就

世上美景何其多，只是如果那里没有你，我便不愿驻足。一生遇见的人那么多，如果最后不是你，是谁我都不将就。

窗外的雨依旧淅淅沥沥地下着，敲打着书房的木窗，舒以宁倦态十足，枕着刚出炉不到十分钟的企划书，沉沉睡去。

这次的梦里，还是没有那个人。

舒以宁时常在想，如果顾南城没有去英国就好了，如果自己不再喜欢顾南城就好了，如果顾南城十三年前不是自己的家教老师就好了，如果顾南城没有在那个下雨天撑伞走过她的书屋窗户就好了。如果，当年没有遇见顾南城，就好了。

因为遇见过那样风姿绰约的人，所以，此后绵绵岁月里只惦记那一人，旁人再好，也再难入眼驻心。

人非草木皆有情，不如不遇倾城色。譬如郭襄，十六岁那年在风陵渡遇见名满天下、宛如天神般的大哥哥杨过，自此念念不忘，带着一份相思骑着青驴苦苦寻觅，走遍天涯。譬如张君宝，十四岁时在华山之巅遇见清秀绝伦、颇具侠义情怀的郭襄，从此日日夜夜，岁岁年年，相思无期。

譬如舒以宁，在那年的那个下雨天，遇见了家庭教师顾南城。

她仍记得，那天顾南城穿着一件湖蓝色的菱格衬衫，撑着一把黑色的雨伞，隔着雨幕走来，手里还拿着从书店借来的书。

说不清自己为什么会在那一刻抬头看向窗外，兴许是看书看累了想休息，兴许只是在那一刻想抬头罢了。

只这一眼，舒以宁心里已起涟漪，她忽然想起，母亲的檀木书架上那本封面破旧的《诗经》里，有一篇是这样写的："瞻彼淇奥，绿竹猗猗。有匪君子，如切如磋，如琢如磨……"

所谓君子，大抵如是。

再次见到顾南城，是在自家书房里。当母亲告诉她眼前这个男子将会是她高中三年的家教时，那一刻，舒以宁情不自禁地伸手捂住自己跳得飞快的心脏，仿佛只要一松手，那欢喜便要溢出胸膛。

因为小学六年级那年的一场大病，舒以宁很长时间里不能像其他人一样正常说话，只能发出一些断断续续的、不成字节的音符，因此被同学戏称为"小哑巴"。经常有人掐住喉咙、压低嗓音，模仿她努力说话的模样，引得众人大声哄笑。

此后，她便不再努力尝试发出声音，也不想和其他人说话了。那时的舒以宁最喜欢做的事，就是一个人躲在屋子里画画。放假的时候，她常常一个人跑到街角的旧书店里看书、淘书，一待便是一天。

而现在，突然有了一个家教，那些原本一个人做的事，就变成两个人一起做了。

舒以宁喜欢画画，于是，顾南城便成了她永远的、唯一的模特。为她讲完习题，顾南城眨着那双清澈温润的眸子，笑意盈盈地看着她："宁宁，能不能给我画一幅呢？"

那唇角弯起的弧度，带着不容拒绝的魔力，舒以宁不假思索就点头答应了。她还想开口说"好啊"，可当字眼将要冲出唇间时，她却立刻捂上了嘴巴，生怕他听见自己那曾被人嘲讽的声音。

随即，一双温暖的大手轻轻地拉开她捂住嘴巴的手。她呆呆地看着那修长的手指和圆润干净的指甲，一时间竟忘了自己要做什么。

"不要捂嘴，它会不高兴的。你总不让它开口说话，它肯定会想，小主人是个法西斯，限制了它的自由。"

阳光穿过窗外的绿荫，洒在少女绣着湖青色水纹的棉布裙角，在男子的脸上投下玫瑰色的阴影。画架上的那张侧脸有着世上最好看的眉眼。

周末，顾南城辅导完功课后，会带舒以宁去自己另外一个工作场所——指韵琴行。顾南城在这里教钢琴。他修长的指尖在琴键上肆意飞舞，舒以宁安静地坐在一旁，认真地看着眼前的一切，以那个弹琴人为核心的一切。

他弹琴的时候，她的手指也在空中上下翻飞着，虽然指下无琴——可是这并不影响她快乐的心情。

因为顾南城，舒以宁越来越希望自己能够流利地说出话来，至少能说出"顾南城"这三个字。于是，每日入梦前，她总在心里默念着那三个字，虽然只是徒劳的口型，却依旧感到安心、甜蜜。

彼时，顾南城读研二，舒以宁读高一，她的母亲舒兰曦刚好是顾南城的研究生导师。

因每日忙着研究和工作，舒兰曦无暇照顾女儿，自从顾南城做了舒以宁的家教老师，工作忙得厉害时，她索性就住在研究室里了。

高中三年，舒以宁见到母亲的次数甚至比见到顾南城的次数还要少。

学习上遇到困难、考试没有进入年级前十而伤心难过时，安慰她，给她仔细分析、讲解题目的是顾南城；过生日，为她精心准备礼物和菜肴的是顾南城；带她到江南古镇旅游，尝遍各种美食小吃私房菜的是顾南城；晴天的周末陪她去公园里散步、放风筝的是顾南城，雨天放学为她送伞的还是顾南城……

年华总是匆匆过，起初翩翩少年、风华正茂，后来谦谦君子、温润如玉。

舒以宁考上 B 大外语系那年，顾南城飞去英国剑桥进修博士。那一年，舒兰曦一项关于自闭症的研究有了重大突破；那一年，舒以宁仍然没能大声喊出那三个字。

顾南城离开后，舒以宁每晚希望能够梦到那个穿着湖蓝色衬衫、眉目如画的清俊男子。可是，从十九岁到二十九岁，十年里，她一次也没梦到过。

"他说过，三十岁之前我若还没出嫁，他就娶我。"

咖啡店里，她向我讲了长长的故事，故事很温馨，可是我听得却很难过。

"我从上大学开始，每天等、每月等、每年等，等他从英国回来。我知道他是个追求完美的人，所以我一刻也不敢懈怠，努力学习，努力考研，努力工作，努力让自己变得优秀，好配得上他。

"可是，在我三十岁的时候，快到他许下娶我承诺的日期时，我才知道，这个承诺在很早以前就注定落空了。"

那年，一架从英国伦敦飞往中国 B 市的飞机因不明原因失事。最后，飞机的残骸在英吉利海峡区域被人发现。

我想安慰她，却不知什么样的语言和姿态才能让她减轻悲伤，淡化思念。

她那双明眸分明在片刻之前还闪烁着晶莹的泪花，可瞬间却又镇定如常。

"亲爱的，没事。我早就习惯了，只是想到，今天便是我和他约定的最后一天，有些难过罢了。"

一生很长，她却好似已年华过半，而余生，便也是那般波澜不惊地过了。

后来，郭襄苦苦寻觅杨过二十四年，始终没能找到属于自己的幸福，只落得终南山古墓长闭，万花坳花落无声，绝情谷空山寂寂，风陵渡凝月冥冥。亦曾有昆仑三圣何足道与后来开创武当一派的张君宝爱慕，可她从未动心动意，在四十岁时大彻大悟，开创了峨眉派。

世上美景何其多，只是如果那里没有你，我便不愿驻足。一生遇见的人那么多，如果最后不是你，是谁我都不将就。

## 长相思，终无极

爱而不能得，并不可悲。你知道的，世间有万物，其中必有你我所爱，或人或物或事。有的能爱不能言，有的你只能远远看着，近一点便是越矩。

# 一

"雨中黄叶树？"

"灯下白头人。"

"旧时王谢堂前燕？"

"飞入寻常百姓家。"

难得一个闲暇的周末，不用去给学生们上课。恰逢雨天，苏以清便在家中和小女儿玩起了诗句接龙游戏。

听到七岁的小女儿不假思索便接出了下句，苏以清端起书案旁的花茶，轻轻地抿了一口，像又想起什么，对女儿说："南南，把窗户关起来吧，外面还下着雨，小心着凉。"

"不要，妈妈。关起窗户多闷，我会透不过气的。"

像是看穿了女儿的心思，苏以清淡淡地说："谢图南小朋友，他不会来了。"随即发现女儿向自己投来疑惑不解的目光，她挑了挑似新月如柳叶般纤长的双眉，"我早在几天前便和他说过了，这个周末我们要出趟远门，让他不要过来了。"

身穿天蓝色小衫的女童那双似琉璃弹珠的眸子里，顿时溢满了泪水，像窗外的雨雾一样氤氲在眼底："妈妈你骗人，明明我们一直就在这里，哪儿也没去！"

"没错，我就是骗人，因为我不希望他总是过来。"顿了顿，她又弯下腰来耐心解释，"我们不应该总是麻烦别人，对不对？"

见女儿噘着小嘴一副快要哭出来的模样，她又有些于心不忍，不过还是硬起心肠走进书房，不去管她。不多时，却听到女儿欢喜的呼声，她心中一怔，下意识地从书桌旁站起，快步走到窗前。

一柄墨色的油纸伞下，那人穿着淡青色的衬衫，嘴角噙着一抹温和的笑意，静然立于窗外。

只是微笑，却不进来。

"以清，这是你喜欢的榛子仁蛋糕。"将包装精致的点心放在窗台，然后转身离开。

原来，他知道，他都明了。

"应之叔叔，你怎么都不进来？应之叔叔，应之叔叔……"女儿不顾外面还下着雨，连放在墙角的雨伞都没拿，就一股脑儿地跑了出去。

她看着窗台上静静躺着的榛子仁蛋糕，往事涌上心头。

二

那年冬天的上海出奇地寒冷，整个城市笼罩着一层深深的寒气。然而，再冷的寒气都掩盖不住满城的繁华奢影，热闹的商业街上驻满了各式各样的店铺。蓝水晶玻璃打造的波浪状橱窗在阳光的折射下，竟然产生了海洋一般的流动质感，上面放着各式各样的西洋点心与糖果，包装精致，吸引着众多行人。

这家店的榛子仁蛋糕做得尤为好吃。

苏以清之前一直住在苏州，吃惯的是典雅甜腻的江南点心，诸如梅花糕之类，来上海也不过半年时光，因此初次见到这样的西点店，倒像哥伦布发现了新大陆一样惊奇。

当苏以清和于应之走进这家店时，身穿米白色格子裙的店员就热情地向他们推荐了新款的玛瑞里斯奶酪蛋糕。苏以清皱着弯弯的长眉，纠结地看着这像大理石花纹般的红色纹路蛋糕，明明非常好看，却有着一股浓烈的味道。她皱着眉头，又是好奇又是抗拒，最后想出了一个折中的办法。

"应之表弟，你替我尝一尝好不好？我不太敢吃哎，我觉得这个蛋糕好漂亮，但是它味道很奇怪。"然后踮起脚尖，靠在一旁身穿浅蓝格子衬衫的男子耳边，"有种臭臭的味道，就像臭脚丫。"

店员仔细打量着这个进店后一言不发，只是安静地待在苏以清旁边的漂亮男子，听到他在她话音落后腼腆地应了声："好啊。"

像是感觉到自己被人注视，于应之抬起头朝店员看了一眼，羞涩地笑了笑，像是冬日里带着温暖的一缕柔风，清清淡淡却在无意间触动人内心最柔软的地方。

在苏以清的密切注视下，于应之尝试着用汤匙舀了一口蛋糕放入口中。

"怎么样，好吃吗？还是有臭臭的味道呢？"苏以清迫不及待地问。

"还可以，只是我担心你不喜欢吃。"

玛瑞里斯奶酪浓烈的腥味仍在齿间环绕，男子抵住牙齿，生怕那股怪味在自己说话时冲出来。

"那我还是不要尝了吧，我还是要一盒榛子仁的巧克力蛋糕。"

# 三

苏以清想起当年某人品尝玛瑞里斯奶酪蛋糕时的情景，小脸纠结着紧紧皱在一起，像一只胡桃，便忍不住笑了起来。

"妈妈，你在笑什么？"正在用勺子挖蛋糕的南南不解地发问。

苏以清竟然十分难得地笑了，一旁的男子却好似知道她为何发笑，唇角竟也不知不觉地微微弯起。

"应之叔叔，你为什么也笑啊？"南南捕捉到男子脸部的微笑表情，更加好奇。可这两人却都没有要回答她的意思。

"妈妈不告诉我，叔叔也不告诉我，你们都开心，就我不高兴！"

果不其然，撒娇这招屡试不爽，她才噘起嘴不到几秒钟，应之叔叔便连忙哄她："叔叔想到了从前吃过的一个蛋糕。嗯，那个蛋糕的味道很奇怪……"

南南似懂非懂，噼里啪啦提出了一连串问题。

"那个蛋糕很好吃吗？"

"妈妈也喜欢那个蛋糕？"

"那，应之叔叔你什么时候给我买那样的蛋糕啊，我也想吃。"

他侧过脸偷偷地看了下倚在窗边的女子，转身柔声对女童说："好啊，如果你不怕那个味道奇怪的话，下次西点铺里推出时我帮你买。"

他知道，她定是想起了从前那些，自己也曾参与过的快乐时光。

只可惜，那是曾经。

# 四

如果当年自己没有跟随母亲离开，没有踏上驶往意大利的游轮，也许此生就不会总在遗憾中度过，更不会只能一遍遍地怀念那些曾经。

于应之父亲早逝，母亲常年因生意外出，便把他送往苏州，寄住在母亲闺中好友的家中。

这一住便是两年。两年时间，足够让他喜欢上那个清冷灵动好似白梨一般的少女。

犹记得那日，江南下着绵绵细细的小雨，落在匆匆行人的伞上，落在古朴苍翠的青石板上，滴答滴答，滴答滴答。

他在阿姨家后庭苑的几株梨花树旁，遇见一个撑着六十四骨油纸伞、身穿浅蓝色长裙的少女。他细看去，少女的长裙上还绣着几瓣清雅出尘的梨花，像沾了树间落下的梨花。

待她缓缓转身，看到她那双秋水剪瞳，无须多言，眼前花下所立的亭亭少女，瞬间便赢得了他的心。

向来自负才气不俗的他，见到少女苏以清时情窦初开，那一刻，紧张忐忑如寻常普通的男孩子。

他期盼眼前的少女能像自己认出她那般认出自己，又希望她什么都不知道，对矗立在面前的少年一见倾心。

于应之没想到，她什么也没说，什么也没做，只淡淡地扫了他一眼便转身离去，徒留他一人满地惆怅，相思无处诉。

罢罢罢！

正当于应之垂头丧气时，少女忽然回头，朝他浅浅一笑，两个盛满了花蜜的梨涡浅浅晕开："应之表弟，外面下着雨，你都不用打伞吗？"

噢，原来苏以清早就认出了自己。而他一到这里听说她在后院，便径直跑了过来，此刻才意识到自己没有打伞，活脱脱一只落汤鸡。

不过，却是一只欢喜的落汤鸡。

# 五

原以为这般青梅竹马的缘分会一直顺应时光，理所当然地圆满，可谁知世事瞬息万变，半点不由人。

母亲来苏州接他时，因为过于匆忙，于应之甚至都没有好好地与她道别，等被母亲带上了游轮才知道从此将要与她长路远隔。他试过拒绝母亲，可是已然无济于事。

游轮驶动时，他站在甲板上看着不断远去的海浪，心中突然明白，有些事也会像这些海浪一样，不再复回。

等他终于有能力回来找她，才知道当年自己没来得及告别的小姐姐，早已与过去的时光挥手告别，嫁作他人妇，还有了一个刚刚出生的小女儿，生活幸福美满。

因为懵懂，所以不懂。

没有承诺，她自不必等他。

于是，他以少年好友的身份待在她身边，只为旁观她的安稳现世、幸福人生，默默地守候在一旁，就像曾经，她想吃蛋糕但又担心味道不好时，他义无反顾地帮她试吃；她要练习芭蕾时，自己便心甘情愿地坐到钢琴旁为她伴奏一整天。

为了让她安心，他身旁也适时出现过几个红粉佳人，他还曾半真半假地带着女伴去珠宝店挑选戒指。在他自己都几乎信以为真、以为能放下时，上苍跟他开了一个不小的玩笑。

苏以清的丈夫是一名刑警，在一次执行公务时为了救一个小女孩，被穷凶极恶的持枪歹徒击中，救治无效死亡。

那一刻，他默默地注视着伞下哭成泪人的苏以清，心里默默地感谢上苍能够给他一个光明正大守护在她身旁的理由。只是，她好像并不愿意接受这种守护。

丈夫逝世后，她很少笑，更很少对他微笑。甚至于，不再愿意他来找她。

可他却坚持，哪怕是打着伞站在她滴水的屋檐外面。

时光残酷，他却很满足。

就这样吧，她怀念一个人，他守护着她的怀念，偶尔也能得到她不经意的笑颜，这便足够了。

爱而不能得，并不可悲。你知道的，世间有万物，其中必有你我所爱，或人或物或事。有的能爱不能言，有的你只能远远看着，近一点便是越矩。

## 岁月长，衣衫薄

她看着满屋子的儒衫长袍，忽然想起多年前，曾经有一个眼角带着泪痣的小小少年，拽着她的衣角怯懦地说："阿心，我喜欢你做的长袍，以后你就只给锦添一个人做好不好？"

她对着空气柔柔地应了一声："好。"

三月里的琅瓷古镇，到处都弥漫着杏花湿润的香气，酥雨倒成了一把把油纸伞下曼妙身影的点缀。

祝明心看着眼前这个不知从哪里冒出来的小家伙，指着柜台橱窗上的一个人偶对她奶声奶气地说："能把这个借给我看看吗？"

那是一个穿着藏青色袍子的玩偶。虽是木雕的人形，穿上祝明心做的外袍后，却比百货商场里所谓的进口玩具不知精致了多少倍。

"好啊，那就借你看看吧。"祝明心笑吟吟地将人偶递给这个穿着小衬衫，领口打着红色蝴蝶结的男童，猜想着也许是哪家游客走散了的孩子，估计用不了多久父母就该找过来了。于是她一边等着孩子的父母寻来，一边给手中的长袍袖口绣上细密的云纹。

果然，没过多久，孩子的父母便一路寻来。看到小家伙兴致勃勃地拨弄着手中的人偶，原本吊在嗓子眼的一颗心才安然放下。

"宁宁，你怎么能乱跑呢？刚刚走丢了知不知道爸爸妈妈很担心啊。还不赶快谢谢阿姨！对了，这是我们夫妻俩的一点心意。"

接着便是皮包拉链被拉开的声音，和抽纸币的哗啦声。

祝明心刚好绣完一道云纹，结尾时不小心被针刺破了手指。她吮吸了下手指，抬头看了他们一眼，淡淡地说："他只是跑到我这里玩了一会儿，为什么要给我钱？我这里又不是托儿所。"

说话的态度神情，完全没有了之前对男童浅笑盈盈的模样。

她这副淡淡的神情，倒让眼前正准备酬谢她的夫妻俩陷入了尴尬，身穿鹅黄色连衣裙的女子捏着钱的手简直不知道要放在哪里得好。祝明心好似对此熟视无睹，依旧眯着眼睛绣她的衣服。随后又想起了什么，对那男童伸出手："把玩偶还我吧。"

男童却将玩偶牢牢地抱在怀里，仿佛她才是那要夺人心头之好的恶人。

"你当初说是向我借的对不对？那么借人家的东西是不是要还？"她不顾男童双眼含泪可怜兮兮的模样，顺带着偏过头对那夫妻俩说，"收起你们的钱，这个木偶我不卖，对了，这店里的衣服也从来都不卖的。"

是的，这店里的儒衫长袍她是从来都不卖的。

既然话已至此，男童的父亲只好冷声呵斥道："宁宁，把东西还给人家。"

可男童将玩偶搂得更紧了。男童的母亲见状，又耐心地哄道："宁宁乖，把这个还给阿姨，妈妈给你买其他好玩的玩具，行不行？"

不料，听了这话男童却号啕大哭起来。

祝明心顿时被这哭声弄得烦乱，刚想说话，却听男童一边哭一边说："我就是要这个玩偶……我要把他送给锦添舅舅……这个玩偶……和锦添舅舅一模一样……你们都不帮他过生日……可是我要帮他过……呜呜……我要送他生日礼物……"

锦添！这两字落入耳中，祝明心如遭雷击。

十一年前，琅瓷古镇祝记裁缝店老板祝良初于凌晨上县城送货途中，遇到一个穿着白色绸衫的男童，看样子是与父母走失了。祝良初守着男童在附近的路口等了半天，直到黄昏也不见人来寻。

他问过男童许多话，可男童只是睁着一双水汪汪的眸子无辜地看向他。祝良初忽然意识到，也许男童并不是与父母走失，而是因为不能说话被丢弃了。

注视着男童那双似小鹿般惹人怜爱的眸子，祝良初忽然想到了自家的小女儿。妻子因难产早逝，这么多年，只有他们父女俩相依为命，也许该给女儿添一个玩伴了。

"你愿意跟我回家吗？"他弯下腰笑眯眯地问男童，"是我的家，不过你要是愿意，也可以把那里当作你的家。"

见男童的眼珠悄悄转动，他明白男童听懂了他的意思，只是还在犹豫，于是他又补充道："家里没有别人，不过有个小仙女。"

果不其然，男童的眼里立刻折射出异样的光彩，迟疑了一会儿后便缓缓地点了点头。

于是，十五岁的祝明心有了一个小自己八岁的弟弟。

她永远记得初见时，他眉眼精致、温软白皙，那一瞬间，她以为自己见到了一个活生生的玉瓷娃娃。尤其是那双墨玉般粲然生辉的眸子，以及眼角下一颗精致小巧的泪痣，配着雪白的皮肤，有种说不出的清秀。

而男童目不转睛地看着她，便是在确认，她是否就是男子口中的那个小仙女。

看到少女朝自己温柔地弯起唇角，男童终于相信了男子的话，这个家里的确有一个小仙女。

"我叫祝明心，明月的明，爱心的心。"介绍自己名字的时候，她一边用手在半空中画出月亮的形状，一边又在胸口比画着爱心，"所以呢，你可以叫我阿心姐姐。"

说完，她期待地看着男童。

祝良初刚要告诉女儿，这孩子不会说话，却不料此时男童竟然开了口，脆生生地叫："阿心姐姐。"

祝良初惊讶地看向男童，可男童却没有将目光从他女儿身上移开，只听他用充满童稚的声音问道："阿心姐姐，你真的是仙女吗？"

"当然不是啊。"祝明心不明所以，更没注意到旁边一直向自己使眼色的父亲。

"我就知道他是骗我的，这个世上本来就没有仙女。"

不知为何，看着男童溢满泪珠的双眼，祝明心突然心间一痛。于是，她柔声哄道："我不是仙女，但是我是你姐姐啊。"

她满心欢喜地做着他的姐姐，却未曾想过，这个以后口口声声叫她姐姐的人，其实并不愿意她只是姐姐。

虽然他们生活的地方只是个小镇，但祝良初在办理领养手续时却没有丝毫含糊，等到所有手续都办妥，他十分激动地告诉锦添，明天他就可以和祝明心一样去上学了。

祝良初之所以将手续办得十分齐全，也是存了想让锦添能够按常规上学读书的心思，他是真心将锦添当作自己家的孩子来养的。

而锦添这个名字，在领回他的当晚便已取好，寓意简单，也很直白，就是锦上添花之意。

那些日子里，祝良初看着两个清秀俊俏且听话懂事的孩子，在睡梦中也总是忍不住笑出声。

锦添考上市一中的那天，祝良初特意关掉裁缝店，带着锦添和祝明心坐了两个小时火车，到 B 市最著名的酒楼大吃了一顿。

那时，祝明心已经大学毕业两年。两年前，她的毕业作品——一件将中国古风与时尚元素相融合的长衣设计，意外得到了米兰著名设计师 Aro 的赏识，由此成为中国时尚圈里小有名气的服装设计师。

席间，祝良初看着左边出落得亭亭玉立、事业已小有成就的女儿，又望望右边俊美至极且天资聪颖的养子，心下自然高兴不已，连带着多喝了好几杯黄酒。

酒喝多了，之前想问却没敢说出口的话，此刻便顺理成章地道了出来："明心啊，什么时候把人家小伙子带回来给我瞧瞧啊，爸爸好给你把把关。对了，还有你弟，也帮你把把关。"

身穿父亲亲手做的琉璃色淡蓝纹旗袍，将头发用一根桃木簪子松松挽起的祝明心笑着应声"好啊"，却全然没有注意到身旁少年听到这话时，情不自禁地握紧了拳头。

她不知，她自是不知，她怎会知？

她甚至都没意识到，他已经很久没有叫过她姐姐了。可这又能代表什么呢？他拼命地努力学习，怕辜负养父的期望，更是想追上她的脚步，但年龄的差距和这所谓的"亲情"纽带，让她从未考虑过自己。也是，有谁能想到，朝夕相处的亲人会以男女之情来爱上自己？

他也曾想过，如果能永远和她做亲人也未尝不可，只是这份永远，却只是自己的一厢情愿。令他惶恐不安的那一天终于到来。他十八岁那年，她终于嫁作他人妇。

只是，上天似乎与她开了个不可思议的玩笑。婚礼当天，新郎因车祸死亡，白色的嫁衣一日之内竟变成了殇服。

失去独子的新郎父母痛不欲生，她却浑身冰冷，惊恐而绝望地看着向自己走来的绝色少年，默默地祈祷着他不要说不要说，可祈祷却失了效。

"明心，不要伤心，我会照顾你的，一辈子。"

恍惚中，她听见自己稀薄得快要被空气穿透的声音："是你吗？"

她知道他明白她话中的意思。

"你若觉得那是我做的，那便是了。"

少年淡然且无所畏惧的神色，落入她眼中便成了凿凿事实，她原本还想问个为什么，但注视到少年此刻望向自己那狂热且期待的眼神，心下全然明了了。

祝锦添，不，此时应该是梁锦添了。就在一个月前，B市著名的梁氏集团总裁突然派人到琅瓷小镇，要寻回自己流落在外的儿子。偏远的琅瓷小镇人并不知道，两个月前梁氏集团总经理梁益辉在一次户外极限攀岩中意外葬身。爱子死了，于是他这个流落在外的私生子自然要认祖归宗。

他以为，摆脱了姐弟的身份也许自己就有了机会，可当他鼓起勇气向她表白时，她又说了什么？

那时，她在试礼服，简单至极的款式，却让她穿出了倾城的味道。她用戴着白色蕾丝手套的手摸了摸他的头发，仿佛他还是那个眸似小鹿般清澈的男童。

她说："姐姐也喜欢锦添啊，你就放心好啦，结婚后我还是那个疼爱你的阿心姐姐。"

他很想像班级里女生叽叽喳喳讨论的八点档电视剧里演的那样，凑上去给她一个吻，之后便不由得她不明白。此间心事，以吻封缄。

可正当他打算这么做时，姐夫来了。

那人长相和气质都十分平凡，见到他还讨好地唤声"锦添少爷"。看到祝明心微微皱眉，梁锦添顿生侥幸，也许自己还有机会。

原本想直接拒绝上演与梁氏集团总裁骨肉相认的虚伪戏码，不过因为她，梁锦添突然觉得，就算再恶心也值得。

如今，她终于相信他是喜欢她的了，但说出的话却冷漠至极："你的爱让我觉得血腥且恶心。如果你真的喜欢我，拜托回去好好当你的梁氏集团大少爷，就当我们从未相识，我父亲也从未捡到你。"

他怔怔地看着神色如冰的她，一时无言。

原来，他多年来的爱恋，对她而言只是血腥和恶心，他忽然明白，就算穷尽此生，也不会再换来她的一个回眸。

"你的锦添舅舅是不是长得很好看，就像这个人偶娃娃？"

不顾男童父母诧异的眼神，祝明心执着地问着。之所以愿意拿出之前视之如命的人偶娃娃给他，也是希望能从他口中得到关于那人一星半点儿的消息。

多年前，她因失去未婚夫，悲伤不能自抑，口不择言逼得他远远离开。

她自觉愧对逝世的未婚夫，明知凶手是谁却舍不得将其绳之以法。

父亲在锦添走后没多久便因病离世，幸好他对此事毫不知情，走时虽有牵挂却也安稳。

她辞职回到小镇，接管了父亲的裁缝店，承袭了父亲的制衣传统，只做儒衫长袍。

因为店内服饰风格独特，倒也吸引了不少游客观光，可令人不解的是，她做的衣服从来不卖，却愿意送给一些陌生的过路人。

她心里明白，无非是那些人像她多年前做的那个小人偶一样，都长着与他相似的脸庞罢了。

"锦添舅舅是世界上最好看的人！"男童说着，抱紧了手中的人偶。

离开时，男童向祝明心摇晃着肉乎乎的小手，眉眼稚气却是开心至极。

她看着满屋子的儒衫长袍，忽然想起多年前，曾经有一个眼角带着泪痣的小小少年，拽着她的衣角怯懦地说："阿心，我喜欢你做的长袍，以后你就只给锦添一个人做，好不好？"

她对着空气柔柔地应了一声："好。"

# 初见君已晚

有风吹过，将初见撕成了离别。

一

顾菘蓝站在柜台里面，目不转睛地看着眼前的男子，心底忍不住偷偷感叹，他长得真好看啊！眉若远山，双目温润又明亮，脸颊似羊脂玉般清透白皙，眉间一颗细细的朱砂痣，更衬得他像从画里走出来的谪仙一般。

他和她之前见过的所有人都不一样。这个男子好看得很是脱俗，清淡却不清冷。顾菘蓝暗暗想着，他适合魏晋时代，大抵自己喜欢的昭明太子就是这般模样吧。

兴许是被顾菘蓝毫不掩饰的目光看得有些尴尬，男子微微一笑，温声提醒：“一笼蟹黄汤包、一两荠菜鲜肉大馄饨，打包。”

彼时正值暑假，顾菘蓝来无锡南长小镇找表姐李明遇玩，顺带着帮忙照看表姐的馄饨店。

“打包？建议您堂食。店里现在有活动，可以赠送您一碗玫瑰酒糟，是最近的新品，卖得很好呢！但外带打包就没有赠送啦。”因着私心想多看他几眼，顾菘蓝忍不住动了下小心思。

玫瑰酒糟确实是卖得很好的新品没错，但店里并没有赠送活动。

“那就再加一份玫瑰酒糟吧，外带，谢谢。”男子眯眼微笑的瞬间，有一缕阳光穿过爬满绿影的窗户，在他的脸上投下了玫瑰色的阴影。

顾菘蓝忽然明白过来，男子买这些应该是带给别人，并不是自己吃的。这个别人，会是他的妹妹还是女朋友？顾菘蓝深深地吸了口气，算了算了，师哥不可得，多看几眼也不吃亏啊。

吃晚饭时，顾菘蓝故作无意地询问表姐小镇上有没有这么一个人。听说那人眉间有一颗朱砂痣，表姐恍然，很肯定却带了点欲言又止的神情："哦，他是谢道年。"

顾菘蓝刚用筷子戳破一个汤包，注意到表姐欲言又止的神情，她迅速吸了口汤汁，舌尖被烫得发疼。

她很想知道表姐的神情中包含着些什么，可又不好意思问得太直接。

少女的心思总是格外细腻，一根心弦被一缕清风拨乱之后，再难平静。

# 二

表姐的馄饨店不大，但店里的环境却布置得十分典雅精致，和这条街上几乎一大半店铺一样，走的也是江南小镇柔婉细腻的中国风。

表姐叫"明遇"，店名便作"明遇记"。

店里的馄饨皮薄馅大，从个头上就远远超过其他馄饨店的。

馄饨端上来时，汤色奶白，薄而透明的皮下隐约露出粉色的肉馅，其间点缀着一粒粒枸杞，恰似一幅优美的小画。小勺轻舀，于热气未散时咬上一口，味道清新鲜美，盘旋于唇齿间，久久不绝。如此绝美的味觉体验，能招来络绎不绝的客人也在情理之中。

拥有一家属于自己的店，感觉真好。

顾菘蓝坐在柜台里面，看着来来往往的客人，脑海中浮现出无数个小想法。在看到那抹浅蓝色身影时，无数个小想法突然定格，汇聚成了一句话：洗手做羹汤。

古人有红袖夜添香，而我，只想为喜欢的人洗手做羹汤。

依旧是一笼蟹黄汤包和一两荠菜鲜肉大馄饨，打包。不同的是，这次谢道年还点了一份堂食的荠菜鲜肉馄饨。

馄饨做好时，顾菘蓝动了点小脑筋。不多时，谢道年的桌子上除了打包的纸袋和一碗馄饨之外，还有一笼散发着热气的汤包，一碟桂花糖藕，一碗玫瑰酒糟。

谢道年刚想说是不是送错了，他并没有点这么多东西。但不等他开口，眼前这个留着齐耳短发的小姑娘笑眯眯地解释道："小哥哥，这是我送给你的。你长这么好看，咱们交个朋友，行吗？"

这番话说得行云流水，自然无比，任谁听来，都只是一个天真的小姑娘率性而为之语。殊不知，这短短几个音节的顺利，却是少女用尽一整晚时间，对着镜子反复咀嚼练习的结果。

如果那个人再来，我想和他做个好朋友。

# 三

顾蓝蓝猜测过谢道年可能从事的工作，比如大学教授、科研人员、医生或是书法老师之类，在她容量有限的小脑瓜里，却从来没想过他会在酒吧工作。

那一天，刚好是表姐明遇二十六岁的生日。下午，店里早早地关了门，表姐的几个闺密也赶来一起庆生。

晚上，吃完精致的料理，一个闺密提议，不如找个酒吧玩一玩，毕竟过生日嘛，热闹些才好呢！大家都积极响应，只有明遇踌躇地看了一眼小表妹，有点儿为难。

"明遇，我们只是去听听歌、聊聊天，最多喝一杯鸡尾酒，又不做其他事情，没关系的。"

对大家口中的酒吧顾蓝蓝也充满向往，想到之前从电视里看到的场景，就觉得既刺激又好玩，于是用恳求的目光看着表姐："姐姐，你就带我一起去吧。我也想去看看。大不了，咱们不告诉我爸妈和舅舅嘛！拜托拜托，我真的好想去……"

顾蓝蓝还在仔细打量不停闪烁着绿色荧光的"繁花酒吧"字样时，大家已携手走了进去。

"蓝蓝，快进来。"表姐明遇担心她跟丢了。

顾菘蓝这才体会到刘姥姥进大观园是何等新奇的感受了。跟在表姐身后，小脑袋瓜一直不停地转来转去，大眼睛左顾右盼，兴奋地观察着周围的一切，美其名曰增长见识，不能白来一趟，至少先得过足眼瘾！

"哈哈，蓝蓝，悠着点儿，等下还让你过足耳瘾呢！"明遇的几个闺密都很喜欢可爱率真的顾菘蓝，便打趣道。顾菘蓝也笑嘻嘻地和她们打闹着。

还没等顾菘蓝研究出莫吉托和薄荷汽水有什么差别，突然听到一阵欢呼声。原来是有歌手上台了。

她转眼望去，只见台上有五个人，四男一女，主唱是一个穿酒红色露肩长裙、姿容艳丽的女人，其他四人为其伴奏。顾菘蓝仔细听了下，她唱的是梅艳芳早期的一首歌——《歌之女》。

"旧戏院永都不满座，她照演以歌止肚饿。旧戏衫远观不错，纵近观穿破多。我记起当天的一个小歌女，她喜欢观雨飘，也许她喜欢知当雨给风吹，路上可变得出意料。或有天她都可叫座，她也许有天不再饿，或有天戏衫不破，听众不止半个……"

妈妈喜欢梅艳芳，顾菘蓝对她的歌也如数家珍。平心而论，台上的女子歌声略带沙哑，有种男声般柔磁的特质，颇似梅艳芳或温婉壮烈或凄美低回的音色，着实动听入心。

陆续听了五六首歌，顾菘蓝原本兴奋激动的心也慢慢平静下来。看过了，知道了，原来如此罢了。

直到，台上的聚光灯再次亮起，然后是铮铮古琴声。

那一刻，顾菘蓝整个人都陷入了呆傻状态，不是因为有人在酒吧里演奏古琴，而是因为，弹琴的人，是谢道年。

# 四

"小姑娘，你姐姐知道你一个人来这里吗？"

自从去过那间酒吧，顾菘蓝几乎压制不住自己的好奇心和探索欲。表姐去杭州参加大学室友的婚礼了，没人陪她玩，她终于又有了机会。

"我不叫小姑娘，我有名字的。顾菘蓝。'蕹菘郁朝露，桑柘浮春烟'的'菘'。蓝天的蓝，你也可以叫我菘蓝。"

顿了顿，顾菘蓝转了转眼珠："小哥哥，我都请你吃了馄饨和小笼包，你也应该礼尚往来请我喝一杯酒啊！"

他倒是礼尚往来了，可是，顾菘蓝看着眼前的血糯米奶茶，额角不禁流下几滴冷汗，耳边是谢道年像老妈子一样的唠叨："小孩子不学好，喝什么酒，还是喝奶茶好了。喝完赶紧回家，晚上不要一个人到处乱跑！"

"我才不，我就要在这玩一会儿，你赶紧去工作吧，不用管我。"

谢道年是这里颇有名气的驻唱歌手，平时主要唱一些流行的民谣，因为会古琴，偶尔还会演奏一两首古风曲子。虽说在酒吧里演奏古琴听起来怪怪的，好像很不搭，但因为他清俊脱俗、清风道骨的长相和气质，还是有很多女观众买账的。

"那个，小哥哥，我没在这里消费，如果有人过来问的话，我可不可以说是你的朋友啊，不然怕他们赶我走。"古灵精怪如顾菘蓝，脑瓜里的想法自然是层出不穷。

"赶走了最好，谁让你这么晚了还不回家。"谢道年依然像个老妈子一样。

顾菘蓝看着他嘴角没好气的笑容，故意撇了撇嘴，心里却是开心的，就像吃了一块芝士夹心蛋糕一样又软又甜。

虽然谢道年嘴上这么说，但顾菘蓝看到他上台前明显和店里的几个服务生打了招呼，那几个服务生朝着她的方向点点头，报以微笑，顾菘蓝自然回了他们一个大大的微笑。讨大人欢心什么的，她最擅长了。

只是天不如人愿，她只是来犯个小小的花痴，欣赏欣赏谢道年的美色和歌声，并不想惹是生非。然而，她不惹事，事情却偏偏找上了她。

比如现在。

"小妹妹，一个人过来玩啊？不如加入我们好了，大家一起多热闹。"一个戴着金丝框眼镜、一脸笑意的男人出现在她面前。

"不要了，谢谢。"

男人不罢休："不用害羞，一起嘛，大家交个朋友。"说着，还强行去拉她的手。

顾菘蓝被面前这个不知道从哪儿冒出来的人给气坏了，都说了不要，还死缠烂打，最重要的是，他居然敢碰她！于是，不等台上的谢道年下来英雄救美，小女侠已经自顾自地解决了潜在的危险。

顾菘蓝拍拍双手，弹掉并不存在的灰尘，八年的空手道好歹也不是白学的啊！她本来不想这么快在谢道年面前暴露自己女汉子的本质，可是，撇着嘴看了看躺在地上还没回过神来的男人，她默默地叹了口气，罢了罢了。

# 五

再见到谢道年时，是在一家大排档店里。

上次顾菘蓝在繁花酒吧"一战成名"，晚上谢道年送她回家时顺便说要请女侠吃饭："你姐姐店里的馄饨很好吃，我女朋友很喜欢。她很想见一见你这个女侠，顺便请你尝一尝她的手艺。"

"好啊，好啊！"

谢道年的女朋友叫婉婉，长发乌黑如墨，晕染在纤细的背上，相貌不算惊艳，但胜在清秀，看上去就是一个温柔善良的女孩子，让人从心底生出喜欢。

那一晚，顾菘蓝像是着了迷一样，坐在婉婉的大排档店里吃了整整十斤小龙虾，红色龙虾壳堆满整张餐桌，像是辉煌又悲伤的战利品。

谢道年陪她待了一会儿就去酒吧上班了，店里只有婉婉一个人在忙，她又不会说话，只能比画着告诉顾菘蓝，不能再吃了，再吃肚子会疼，身体也会受不了的。

可顾菘蓝却一直笑眯眯地看着她，对她撒娇："婉婉啊，再给我一盘龙虾呗，你都不知道，你做的小龙虾有多好吃！"

是啊，好吃到眼泪一直流一直流，止都止不住。

"婉婉啊，这个麻辣小龙虾真的有点儿辣，辣得我都流泪了，你能不能给我一听啤酒啊，小龙虾的标配就是啤酒呢！"

啤酒自然是喝不到了，无论她怎么央求，婉婉都一直摇头，死活不肯给她喝。最后顾菘蓝只好朝她做个鬼脸，大声嘟囔："哼，我要告诉谢道年，他女朋友是个小气鬼！连杯啤酒都不肯给我喝！"

顾菘蓝终于想起来要回去了，和婉婉告别后才走出巷子口，突然下起了雨。可她没能做成落汤鸡，因为婉婉追出来给她送了把雨伞。"婉婉，你真的是个小仙女，我好喜欢你的！"

# 六

快乐的时光总是特别短暂，一个月的暑假，顾菘蓝感觉才过了几天，就要宣告结束了。妈妈一直给她打电话不停地催促提醒："蓝蓝啊，你别玩疯了，暑假补习班是八月四号啊，你该回来收心学习了！"

"知道啦，知道啦！老妈，你真的很唠叨……"

假期结束前的最后一天，顾菘蓝去了婉婉的店里，那天是婉婉的生日。

她把自己关进房间，一个人鼓捣着网购来的各种做蛋糕的器具。奈何终究不是心灵手巧之人，花了一上午的时间，也就做出来一个歪歪扭扭的芒果千层，放在冰箱里冰了两个小时，奶油看起来还是松松散散的，不尽如人意。顾菘蓝看着这卖相着实不讨人喜欢的蛋糕，默默地安慰自己说，送礼还是心意最重要，店里的蛋糕虽然精致好看，但肯定比不上自己亲手做的情谊嘛！

一路上，顾菘蓝都对自己说，这次是去看婉婉的，是要帮婉婉小仙女庆祝生日的，可是，当看到穿着印有太太乐鸡精字样围裙忙前忙后的谢道年，她的心里又开始难过了，但脸上的笑容却显得越发灿烂。

大排档今天不营业，店里只有他们三个人。

婉婉对着她不停地比画着谢谢，看得出来是真的很开心，也是真心喜欢她做的蛋糕。谢道年却很不给面子："这蛋糕看起来颜值好像不太高呢。"

婉婉默默地用手推了他一下，然后对顾菘蓝做了一个大大的爱心手势。

"婉婉是个小仙女。"顾菘蓝笑眯眯地摇摆着头，做出飞吻的模样。她心里的小人也在说："你看，如此仙风道骨的人，也只有和小仙女才般配啊！"

那应该是顾菘蓝在这个暑假里过得最快活的一天吧，因为她一直在笑，微笑、大笑、故作娇羞地笑、甜美可人地笑，更多是毫无形象地大笑。

第二天，顾菘蓝离开时，婉婉和谢道年一直送她到车站。表姐明遇道别后就回店里去忙了，可直到司机提醒乘客绑好安全带，车子要启动时，他俩还在栏杆外朝她挥着手。

顾菘蓝透过车窗对他们做了几个稀奇古怪的鬼脸。车子开动了，那两个人的身影渐渐模糊，直到最后变成两个小小的点，消失不见。

车窗外是淅淅沥沥的雨，车里有些嘈杂，顾菘蓝终于忍不住捂上眼睛，哭成了泪人。

有风吹过，将初见撕成了离别。

# 此间翩翩少年

　　这么多年，我一直努力地做着那个分享你欢喜悲忧的人，可到头来才发现，也有人一直默默地关心着我的喜乐，在我不知道的世界里，我是他的女王。

一

顾眉欢一直以为，能将长笛吹得清扬玉润的只有书卷中人，没想到，现实生活中竟也遇上一回。以前看到书上记载司马相如以琴声勾得卓文君私奔的文章，她总是嗤之以鼻，不相信区区琴声便能叫卓文君放下一切，包括身为贵胄女子的骄傲和矜持，与情郎私奔。此时此刻，身处同境，她才深得其意，也许丝竹之声并没有那么大的魅力，可是人却有。

不过，有一点毋庸置疑，那书中的司马相如肯定没有眼前的少年这般俊朗好看。

通过死党袁梓天，顾眉欢才知道这个仅一面之缘便让自己害了相思病的少年名叫温霆安，是学生会副主席。

"这小子叫温霆安，只不过比我长得帅了那么一点，脑子聪明了那么一点，脾气好了那么一点，会吹个长笛，就硬生生把我身上的'校草'头衔剥夺了！"袁梓天一边极具个人感情色彩地介绍着，一边紧紧盯着顾眉欢，"眉眉，你可是我的未婚妻啊，咱俩打娘胎里就有了婚约，你千万不能给我戴'绿帽子'啊！"

顾眉欢看着他一本正经地说着不成体统的话，恨不得用力敲他的脑袋。而事实上，她也的确敲了过去。

这一敲，便敲出了事故。

她忘了自己是因为硬笔书法这一特长才被袁梓天征用过来，在学生会专用的办公室里帮他写东西的，这一敲，刚好将笔尖的墨水尽数洒在对面人的脸上。

"顾眉欢，我只不过就抱怨一句，你都开始打算'谋杀亲夫'了！"

袁梓天刚擦干净脸，正对着顾眉欢说着，转头就发现面前多了一个人，而自己的"小媳妇儿"头也不抬，只顾埋首写字。

来人正是温霆安，他来找袁梓天商量学生会的事。哦，对了，袁梓天是系里的学生会会长。

袁梓天不知道，其实顾眉欢抬头看了一眼，只不过那一眼太快，匆匆而过。女孩独有的矜持，让她必须收敛自己，可她能控制自己的眼睛，却抑制不住自己加速的心跳，于是，她必须更加端庄专注地写字。

两人交流完毕，温霆安似乎才发现埋首写字的少女："这位是？"

"会长夫人，你嫂子。"

袁梓天这句调侃刚好给了顾眉欢抬头的机会，于是她趁机抬起头狠狠地瞪了袁梓天一眼，又很自然地对温霆安露出最得体优雅的笑容："学长你好，我是顾眉欢。"

# 二

除了硬笔书法，顾眉欢还擅长国画和古典芭蕾。她原本长得就漂亮，再加上长期的文化艺术浸染，气质也独特于旁人。虽然是大一新生，可势头却凌驾于众人之上。

N大的迎新晚会后，很多人都知道了"顾眉欢"这三个字，伴随而来的还有"会长夫人"这个撕不掉的标签。虽然这个标签帮她阻挡了很多麻烦，可也挡住了她想向温霆安靠近的脚步。

每每想到此处，她就忍不住咬牙切齿，恨不得把袁梓天拎起来暴打一顿才好。这家伙真可恶，总是拿"未婚妻"仨字说事，不过就是他们的妈妈从小是闺密又同时怀孕，便说笑着指腹为婚。没想到当初的无心之语，如今成了袁梓天屡试不爽的取乐方式。

当袁梓天在自己的生日宴会上又一次宣称她是他的所有物时，顾眉欢爆发了，她当众对袁梓天发火，并且在离去时，看了一眼温霆安。

那一眼仍是稍纵即逝，温霆安依旧没有察觉，可袁梓天发现了。他苦笑地承受着所有的尴尬，像没事人一样继续说话，可每一句都没落在心上。

一个月后，袁梓天主动示好并保证以后再也不乱说话，两人才又恢复了"邦交"。

# 三

是顾眉欢先向温霆安告白的。

女孩子独有的敏感，让她感觉到对方也喜欢自己，毕竟，那种目光藏得再深，也是有温度的。可迟迟不见他对自己表明心意，顾眉欢等得也有些急了。

她不能一直等待下去，坐以待毙。毕竟，喜欢温霆安的不止她一个。既然如此，何不效仿一次卓文君？

告白成功是理所当然的事。只不过，为了堵住袁梓天这家伙的嘴，不让他向爸妈告密，顾眉欢被迫包了他一个月的午饭。这家伙还算有点儿良心，吃午饭的时候也没凑上来当电灯泡，通常都是顾眉欢帮他买了饭，他就跟另外一群人坐在一起，给他俩留下小小的二人世界。

恋爱两年，顾眉欢和温霆安却纯情得连一次吻都没接过，最多只是牵牵手，这让顾眉欢更加确定，自己的眼光没错。她一直追求柏拉图式的精神恋爱，而温霆安符合了她所期待的一切。

谦谦君子，温文尔雅；一手长笛，长身玉立。

有一次，顾眉欢在练习簪花小楷时，恰巧写到"举案齐眉"一词，很自然地便想到了自己和温霆安的以后。她以为他们会一直这样，在这个物欲横流的世界，永远这么简单而自持地生活下去，举案齐眉，相敬如宾。

# 四

美好的幻想，在顾眉欢大三的下半学期，便被打破了。

有次，顾眉欢路过街角常去的咖啡厅，恰巧看到一对男女在拥吻，男主角是温霆安，这让她方寸大乱。

就像是小说里很老套的剧情所讲的那样，对方是系主任的女儿，为了留校指标温霆安选择和顾眉欢分了手。

顾眉欢告诉自己，绝不能像那些被抛弃了就一副寻死觅活痛不欲生的女人那样，可知道是一回事，做到又是另外一回事。她可以守住骄傲不去质问也不去追究，却忍不住在夜里咬着被角无声哭泣。

完全从这段失败的感情里解脱出来，是大四第二学期实习找工作的时候。高不成低不就，想要找一份让自己和别人都称心的工作着实不易。

那些日子，她才相信，也许温霆安是对的，诗情画意只能是生活的调味品，却永远不能充当柴米油盐这些必需品。

# 五

很多年后，顾眉欢在参谋女儿的恋情问题时，提及了温霆安。兴许是自幼受她影响，女儿对于爱情竟然也有着和她相似的境地和看法。

一边是自幼温柔守候在侧的青梅竹马，一边是一见钟情的翩翩少年郎。

女儿瞪着一双水晶眸子对她讲，那人如何丰神俊朗，弹得一手好钢琴，如何夺去她的心……

过来人的经历让她觉得，女儿应该选择那个守在身旁的青梅竹马，可若按照真性情，她宁愿女儿搏一把。虽然也许会遍体鳞伤，但哪个少女的梦里不曾有个温润如玉的风雅少年？

银婚纪念日的宴会上，出乎所有人的意料，丈夫献给顾眉欢的惊喜，竟是用长笛吹奏的一曲《长相思》。

曲调那么婉转悠扬，瞬间将她带回了多年前的那个下午。

一曲完毕，掌声雷动，她泪眼婆娑，丈夫却淘气地在她耳畔小声问："媳妇儿，你老实说，刚刚精神上有没有红杏出墙？"

不顾眼角还渗着泪珠，忘了问他何时有了偷偷练习长笛的心思，她恶狠狠地瞪了丈夫一眼，是又怎样？！

曾经以为，那会是自己永远的心结，可终究有个人让她的现实和理想都得到了圆满。这样就很好！

## 爱一个人，在他的心里流浪

　　不管怎样，愿你在这温暖时光中，向前走，遇见一份不需要流浪的爱情，能够拥有一个家，他为你遮风挡雨，你为他亲做羹汤，两相幸福，安稳一生，如此，也不枉来这人世一趟。

南巷街的拐角处新开了一家深夜食堂。虽然名为食堂，做的却是咖啡店的生意。

店内装修古朴简约，白天看时与一般店面并无二致，夜晚进去却觉得平白增添了几分忧伤的气氛。许是夜色撩人，时间长而难以打发，老板索性在吧台立了一块木牌："深夜食堂——我有酒，你有故事吗？"

偶有来客，浮躁纷扰，看到这招牌，受店内气氛感染，心情亦会慢慢沉淀。

在这世间生存，一瞬间像极了一辈子，一辈子到头来看也只是一瞬间，起起伏伏，沉沉落落，每个人心中都有不可触碰的伤痕，在黑暗中悄悄涌动，肆虐你的五脏六腑，让你食不知味，寝不能安。

当情绪累积到峰值，便不可不说。深夜食堂就是这样的存在，倾听你的感伤与忧愁，却只做一时听众，当你离开后，缘分便戛然而止，我们依旧是陌生人。

店里没有服务员，老板是个流浪歌手，年轻时奔波过许多地方，四十多岁依旧孑然一身，凭着父辈积累的财富开了这家咖啡店，内涵腔调俱在，可谓将文艺青年的精神发挥到了极致。

情人节那晚，白冉带着半分酒意，不愿享受这节日的暧昧气氛，只想挑一家冷清的店面，好好梳理一下心情。沿着南巷街一直走到尽头，终于看到了坐落一隅的深夜食堂。走进去才发现，店内顾客少得可怜。白冉独自坐在吧台，看到了木牌上的字。

"老板，一杯卡布奇诺。"

捧着咖啡，枯坐着发了大半个小时的呆。无趣之际，白冉便问起酒与故事的渊源来。

老板瞅了她一眼，低头摆弄着自己的古董乐器："你给我故事，我送你酒水，就这么简单。"

"那岂不是很亏，要是别人随意说个故事呢？"

"能来我这店里的，只要说了，就是真心的，何来随意一说？"

"那我给你讲个故事，这杯咖啡的钱是不是就能免了？"

老板将她杯中的咖啡续满，神色黯然："钱可以免，只是这故事，你敢说吗？"

白冉本是抱着玩笑的态度，却没想过敢与不敢这个问题。这到处飘满甜蜜气息的节日，与如今店内的荒凉气氛相对照，心情一瞬间便垮了下来。

"谁知道你会不会拿别人的故事出去乱说？"

老板爽朗一笑："姑娘，我这店里，鲜有回头客。"

白冉啜了一小口咖啡，考虑了半晌，眸色哀伤："今天是情人节，我爱了五年的人结婚了。"

白冉第一次听马頔的《南山南》，便是季远山推荐的。季远山，就是那个她爱了五年的男人。所以，当张磊翻唱的《南山南》在大街小巷传唱时，白冉并不觉得惊讶。美好的东西只会随着时间的流逝熠熠生辉，歌曲更是如此。

情窦初开的年纪，二十岁的白冉对二十五岁的季远山一见钟情。

那天，季远山被父亲邀请到家中做客。作为父亲的得意门生，季远山毕业两年了，联系却不曾断过。

曾有好友问白冉，心中的如意郎君是什么模样，白冉转着手中的圆珠笔，罗列了一大堆：身高一米八以上，穿衣显瘦脱衣有肉，衣品好不邋遢，不能戴眼镜，皮肤白净五官端正，见到他的时候心脏会有怦怦的感觉。

见到季远山的那一刹，白冉心中顿生一种情愫，这回指定栽了。

熟识后，白冉没脸没皮地蹭了季远山许多豆腐，她叫他远山哥哥，难过了会找他要拥抱，高兴了会挽着他的肩膀一起逛街。白冉一直以为，季远山对她也是有意的，要不怎么会如此宠溺。她觉得这样挺好，时间久了自然水到渠成，名正言顺。

可她不知，季远山已经有了女朋友，对她一直是哥哥待妹妹的那种感情。

原本以为可以在季远山的庇佑下，永远天真烂漫，一直装傻充愣下去，只要他不阻止，她绝对有信心将他拿下。而越发没了界限地亲近，最终招致韩秋的介入。

韩秋约白冉吃饭，席间打电话给季远山，三人正式打了照面。

当晚，韩秋依偎在季远山身边，花式秀恩爱。季远山的表情明显僵硬，蹙着眉，神思恍然。白冉被他们虐得五内俱焚，恨不得将桌上的菌汤泼在韩秋脸上。

晚饭结束后，季远山先把韩秋送上出租车。白冉坚持走回家，为了安全，季远山只得跟着。

"哥，我觉得你不喜欢韩秋。"

"何出此言？"

"我感觉得到，你不喜欢她。"

"小孩子，哪懂那么多！"

"我不是小孩，我二十一了！"

"那也是小孩，在我眼里，你就是个小屁孩！"

白冉也是后来才知道，韩秋的父亲和季远山的父亲是打小一起长大的好朋友，季远山的父亲在他十二岁那年出了车祸，母亲不久也离开人世。韩秋的父亲将季远山带回家，悉心照料，悉心栽培。几年前，韩秋的父亲死于癌症，临终时将韩秋托付给了季远山，算是遗愿。

韩秋便和季远山成了一对，谈着以结婚为前提的恋爱。

白冉曾经问过季远山，对韩秋有没有心动的感觉。

"我们一起长大，这么多年的了解，她早就变成了亲人，不可缺少的一部分。"季远山答道。

"那我呢？我是什么？"

季远山看了她一会儿，将她散落在两颊的头发捋至耳后："你是我妹呀！"

"你才妹呢！"

白冉深知季远山的脾性，对于认定的事情有种异于常人的责任感，对韩秋便是如此。

但情场上无所谓先来后到，白冉一副不撞南墙不回头的性子，几年来告白了数十次，次次失败，却越挫越勇。

她总觉得，季远山是喜欢自己的。这一坚持，便是五年。

季远山结婚前，约白冉出来见面。曾经喜欢赖着他蹦蹦跳跳的小女生已然成长为气质优雅的知性女人。

"小冉，我结婚的时候你一定要来。"他说。

"为什么？"白冉淡漠地看着他。

季远山沉默了半晌，最终没有回答。

临别前，白冉问他，可曾对自己心动过，季远山微微点了点头。

白冉笑了，怅然道："我必定准时到达。"

婚礼当天，季远山过来敬酒，白冉只抿了几口，便觉得醉了。在酒店门口吹了许久的凉风，她告诉自己，一切都会过去的。

白冉不知，季远山那日在心底如此回答："你一定要来，你是我第一个爱上的女孩。"

白冉更不知，韩秋身体一直不好，有潜在发病的危险。于情于理，季远山都不能抛下她。

倏忽几年，白冉也有了中意的爱人。结婚前，走过南巷街，突然想起了那家深夜食堂，特意去找寻时却发现再无踪影。

推开临近的店铺询问下落，店主摇摇头说只记得有这店铺，何时走的却想不起来了。

白冉猛然想起老板的那句话："姑娘，深夜食堂，鲜有回头客。"

那店，许是跟着老板一起流浪去了，曾经在店里铺陈的许多故事，也随着时间散去。

这世间万物，有千般风姿，物物相绕，缘分来时静候佳音，缘分散时亦不可强求。佛偈故事有云，前世你替我埋骨入土，今世我为你身披嫁衣。

深夜食堂鲜有回头客，人生亦是如此。

不管怎样，愿你在这温暖时光中，向前走，遇见一份不需要流浪的爱情，能够拥有一个家，他为你遮风挡雨，你为他亲做羹汤，两相幸福，安稳一生，如此，也不枉来这人世一趟。

## 我是游鱼，为深海而来

你的指尖轻柔，抚摸过我所有那些被风浪冲撞出的丑陋疮口。

一

顾天席看着面前冒着腾腾热气的牛肉拉面，深深地吸了口气，仿佛要把这碗面里所有的香气都吸到记忆里。

他是一个扒手，半个小时前，他差点儿得手。

"这是我的手机，是你捡到的吗？真是万分感谢呢！"慌张地抬头，顾天席看见一张朝他微笑的脸。

那笑脸上有两个浅浅的梨涡，像是能把人溺死在这温柔中似的。然后，笑脸的主人就顺理成章地将手机从他手里拿了回去。

说来的确不可思议。顾天席原本计划偷走她的手机，结果没想到，当他趁着地铁停站、人多混乱之际刚从她白色羽绒服口袋里顺出手机的那一秒，就被她发现了。

他也不明白，她为何要那样说，其实一般人都不难猜出来龙去脉，可是她却……幸好也没有被抓进去，否则留下案底，对他即将进入大学肯定会有影响。

很可笑是吧。一个扒手竟然也能考上大学，并且还是赫赫有名的 S 大。

想到此，他迅速埋头吃面，薄薄的几片牛肉被压到汤汁最下面，就像最见不得人的小偷心底也可以藏一些甜蜜。

他有想过，可能会再次见到她。那次下车后，他一路尾随，见她进了一个小区。S 市本来也不算大，兜兜转转也总会遇到吧。

只是，他没想到，再次见面会那么出乎意料，并且来得那么快。

那段时间，市里闹得人心惶惶的十几起入室暴力抢劫案告破。传闻说是犯罪团伙的一名成员出去拿外卖时手机被偷，而小偷竟然将手机匿名寄给了公安局，从而暴露了整个团伙的行踪，警察依据线索将该团伙一网打尽。这也着实令人啼笑皆非，大家纷纷夸奖那个小偷在关键时刻"舍己为人"，正义凛然，毫不含糊。

为了表扬这个提供线索的"好心人"，警方特地拿出两万元作为奖励，请那人尽快前往领取。

顾天席是在 S 市晚报上看到这则消息的，报道下方注明：S 市公安局授权刊登，内容真实可信。

两万元！他不由得在心里迅速将其换算成一年的学费和梁婆婆的医药费。

他心一沉，决定去试试运气，如果报纸上的内容是真的，那么，接下来这一年，他都不用再过朝不保夕、担惊受怕的日子了。


二


上天果然十分有创意地和顾天席开了个玩笑，让他有喜有悲。

警方没有骗人，在确认了他的身份后，真的给了他两万元奖励款，而他也因偷窃行为被拘留五天，奖励款自然也被充了公。

令他悲喜参半的是，负责他这个案件的，就是与他有过一面之缘的女子——盛宁君。

原来她是警察啊。

"你好，我们又见面了。"身穿警察制服的女子朝他微笑，那笑容，依然甜美。

顾天席看着那甜美得令人难过又绝望的笑容，心想，若能面对这般温暖又动人的微笑，那些犯人大概都会放下屠刀、缴械投降吧！

被拘留的五天除了些许无聊，吃的住的用的倒还好。好像除了没有自由之外，都比他目前的生活好很多。

"我一直在思考，你为什么会帮警方破案，也更想不通，你会看不出来，这是个陷阱。"

的确，这是个并不高级，甚至算是有些拙劣粗暴的陷阱。

可是，姜太公钓鱼愿者上钩，没人逼他，是他甘愿冒险，自投罗网。

为什么会帮助警察？

他虽然有过偷窃行为，但自问良知还未泯灭，当然明白有些事可为而有些事不可为。

"我会有案底，对吗？如果可以将功补过的话，能不能撤销……"他的声音渐渐低了下去，"我考上了 S 大，九月份就要报到了。"

无须多言，聪慧如盛宁君，在听到他的喃喃自语后，便迅速将前后事情联系起来，再加上录了他的口供，已经猜出大概。

"你的双手是完好的，双脚也是完好的，甚至于，你的大脑还很聪明，毕竟，S 大不是人人都能考上的。所以，请你一定不要辜负自己，不要把年少无知当成犯错的借口和理由。哪怕出发点是好的，但错就是错，对就是对。越过法律这条线，任何人都将受到惩罚和制裁。"

顾天席不断地回味着她这番话，失望和羞愧交加，一时百感交集。

"我信你，所以这次帮你销了案底。"

他抬头，入目处还是那双清澈凛列的眸子，和那对浅浅的梨涡。

她明明没有笑，却依旧让人感觉很温暖，像整个身体都被裹在暖意融融的丝绵里。

"但是你记着，没有下次。"盛宁君语气严厉起来。

# 三

"宁君姐，这是梁婆婆让我带给你的。你上次不是说喜欢喝玉米汁吗？绝对纯天然，婆婆亲手做的，用最新鲜的玉米放在石磨上磨出来，又用瓦罐煮了很久呢。"

盛宁君看着眼前抱着保温壶的高挺少年，有些感慨。

不觉间，认识他已快两年。

时光真的很神奇，它可以见证许多事情的变迁。比如说顾天席，这个叫她宁君姐的少年，从少不更事到成为 S 大的学生，懂事了很多，想来着实令人欣慰。

对于盛宁君而言，看到一个问题少年逐渐进步，成为三好有为青年，远比抓回十个犯人更有成就感。

顾天席看着她打开保温壶，缓缓地将玉米汁倒进杯子，再看着她小口小口地喝着玉米汁，嘴角情不自禁扬起笑容，像等待大人夸奖的天真孩童一般："味道还好吗？宁君姐，有没有什么要改进的地方，我回去再加工一下。哦，不是，我再告诉婆婆让她加工一下。"

"不用，我觉得很好喝啊，已经很完美了，都要甩那些奶茶店好几条街呢！嗯，怎么说呢，就是口感很细腻，甜得刚刚好，是我喜欢的 style。给你打 99 分，满分怕你骄傲……"

顾天席眉眼弯弯，原本看上去有些冷峻的面容，在听到这话的瞬间好似青山松动，水波韵起。

现在已是 S 大计算机系大二学生的顾天席，是公安局的常客。

两年前，梁婆婆脑梗发作，被送进医院。在铤而走险、一错再错和向只有两面之缘的陌生人开口求助之间，他选择了后者。

事实证明，他的决定没错，盛宁君帮他垫付了全部医药费，还常到医院帮忙照顾，直到婆婆康复出院。

　　顾天席和育幼院里的其他三个孩子把这些都看在眼里、记在心底，随即便认盛宁君为姐姐。

　　大学生活倒是丰富多彩，可这些都和他无关。他唯一要做的就是认真读书，争取每次考试得到最高分，能拿到全额奖学金。别人忙着打游戏谈恋爱，他却在兼职工作，除保证自己的基本生活支出外，每个月还可以给梁婆婆和育幼院的孩子们攒一点钱，以备不时之需。

　　也不是没有女生关注顾天席，毕竟长得好看、成绩优秀，经常被老师赞不绝口的男生，多多少少都会获得女孩们的青睐。一开始还有不少女生私下打听他的底细，也不乏有人直接跑到他面前表白，可时间一长，大家就逐渐对他失去了兴趣。正值青春的女孩们，很难受得了一个不解风情、心思恬淡的男生。

　　其实，她们不知，他早已心有所属。

　　旁人的喜欢，与他何干？

　　山有木兮木有枝，心悦君兮君不知。

　　他在意的，只有那点缀着甜暖梨涡的笑容。

# 四

　　盛宁君是白月光，照亮了顾天席的一隅半方。看见她时是白天，看不见时，他的世界就像沉入无边的黑夜。可白天总是那么短，而黑夜永远那么长。

你相信缘分吗？它能让天上的星星和地上的沙砾相遇，可是，也只能局限于相遇。因为是从未遇见的，所以特别期待，因为是从未得到的，所以特别想拥有，可是，也只能局限于期待，想拥有却不能够。

在他毕业参加工作的第二年，盛宁君嫁人了，男方是 B 市高中的一位数学老师。

听说，他们的相遇十分戏剧化。原本双方父母安排相亲，结果彼此都不满意，吃过一顿"和平饭局"后，两人心知肚明地友好散会，各回各家各找各妈。不想盛宁君的这位相亲对象走了霉运，被市里几个地痞流氓盯上了。关键时刻，盛宁君几个利落帅气的扫堂腿，硬是上演了一出美女救英雄的戏码，就此赢得了这位数学老师的"芳心"。

任凭女英雄软硬不吃、刀枪不入，也架不住数学老师每天一日三餐、按时按点的糖衣炮弹，一番温柔攻势最终赢得她害羞颔首，甘为人妻，从此洗手做羹汤，日日柔情肠。

盛宁君婚礼那天，也邀请了顾天席和育幼院的孩子们。梁婆婆因为身体缘故没有到场，倒是托顾天席带了一块绣着"花好月圆佳偶天成"的十字绣，和一壶煲着桂圆蜜枣花生等十样果仁的"十全十美"汤。

盛宁君十分开心地接过礼物，并对在场的宾客夸赞道：

"那个最帅气的伴郎是我的弟弟，名叫顾天席，是 S 大高才生，厉害得很，和几个研究生师兄开的工作室如今风生水起……"不难看出，她是真的开心，也是真心为他骄傲。

顾天席跟在她身旁，一边用大方得体的谈吐应对众人或真或假的赞美，一边默默忍受着难以煎熬的心痛，越是难过，面上却越显得漫不经心。

他告诫自己，忍一忍也就过去了。她迟早要嫁人啊，你早就知道会有这一天。做人不能太贪心，老天爷对你已算厚待，你要懂得知足感恩。

于是，他成功地说服了自己。

# 五

时光有时真的过得太快，仿佛只是一眨眼，已然是匆匆十年。

育幼院里的孩子们长大了，都可以凭着自己的能力生活。梁婆婆脑梗再次发作，因抢救无效，安然离世。

顾天席和师兄们的工作室，也因意见分歧、关系破裂而关闭。没过多久，他独立创建了一家公司，并在短短六年时间里成为 S 市的龙头企业，他本人也因此成为 S 市居民街头巷尾、茶余饭后谈论的一个传奇。

可是，在时光的故事里，唯独没有她。

那个从天而降，把他从深不见底的泥潭里拯救出来，并无私地给予他温暖和关怀的女英雄，他的宁君姐姐，在一次执行任务时因保护被绑架儿童，被犯罪嫌疑人连捅四刀，内脏失血过多，永远地离开了他们。年轻的生命，定格成一抹永恒的微笑。

得知这一消息，顾天席眼前一片漆黑。连续两天，他都没有说过一句话。

那个涉嫌谋杀警察的歹徒，在押运途中突然暴毙身亡。没有人知道，也没有人关心一个罪犯是如何死的，大家只会庆幸他恶贯满盈、罪有应得，对逃脱了法律制裁而深感遗憾。

顾天席真希望能手刃其人，以彼之道还施彼身，好让他知道，被捅时到底有多痛。可转念一想，如果盛宁君还活着，肯定不愿意他这么做。她就是这样善良，事事为别人着想，就连走在路上看到翻垃圾桶觅食的流浪汉，都会想着点个炸酱面外卖给他。

可就是这样一个善良温暖的好姑娘，再也不会出现在他生命里了。

后来，那个数学老师再婚，新娘是他的同事，婚礼也邀请了顾天席。

他以宁君弟弟的身份，向这对新人送上了美好的祝福，希望他们长长久久，平平安安，白头偕老。

他想，宁君姐肯定会高兴的，如果她还在，说不定会摸摸他的头，揉乱他特意做好的发型以示奖励……

# 把流离的时光说与你听

　　我始终相信，善意地对待这个世界，这个世界就会报以相同的恩惠，就算暂时以刻薄和荒芜相欺，也要与繁华和温暖相爱。我相信时间会治愈一切，在此之前，我们只有安心等待。道尽途殚之后，终会岁月逢春，柳暗花明。

## 一

关月月第一次见到徐薇是在地铁站里。目光越过人潮，女子盘坐在地上，手指随意拨动的吉他旋律清澈悠扬，平淡的早晨也被点缀了些许生动。

一曲终了，像是如梦初醒般，关月月睁开眼想要去寻那女子，却发现那抹身影已如一尾划入海洋的鱼，再难找寻。

关月月本不是见谁都熟络的外向性子，可是弹吉他的女子却让她产生了想要探寻的欲望。

或许是她的眼睛带着别样的沧桑与随意，或许是她弹的曲子过于独特，或许是她看似价值不菲的衣着与地铁弹唱歌手的形象格格不入。

关月月第一次对陌生人产生了一种无法结识的遗憾。一连几天上下班，她都满怀期待地在地铁口搜寻，每次都失望而归。她想，所谓萍水相逢的美好，应该就在于遗憾和留白后的想象吧。人生何处不相逢，若是有缘自会千里相遇，况且她心中隐约觉得，她们还会再见。

第二次见徐薇，是在一个名为"空"的静吧里。

这家店平日客人不多，今晚却出奇客满。关月月心里觉得奇怪，也没去理会，要了饮料坐在吧台刷动态。四周灯光忽然暗了下来，关月月抬头看向台中央，熟悉的声音传来，她忽然笑了。

演奏结束后，关月月绕到酒吧后门，果然看到了她。

"你好，我是关月月。我可以和你做朋友吗？"声音有些怯怯的，显得软软糯糯。徐薇眯着眼睛，淡淡地看着她："你叫关小兔啊，我是徐薇。"

关月月尽量让自己表现得大方自如，但是一句"关小兔"还是让她有些惊讶，愣愣地说："我叫关月月，不是关小兔。"

徐薇有些神经质地哈哈大笑起来："现在眼睛瞪大了更像了，嘿，如果想做我朋友，就得让我叫你关小兔！"

关月月看着眼前神采飞扬的徐薇，认栽地嘀咕："算了，关小兔就关小兔吧……"

"你不开心？"

"啊？"

"我突然不开心了……"

关月月被徐薇弄得摸不着头脑，傻傻地站在那里。

"那么，咱们跑吧！"

说完，徐薇拉着关月月就跑，从酒吧跑到西直大桥，直到关月月精疲力竭了，两人才坐在地上，哈哈大笑起来。

## 二

有句话叫作"人生若只如初见"。初见那会儿，关月月把徐薇捧得可高了，觉得她自带流浪和不羁的气质，闪烁着耀眼的光芒，直达关月月的内心。

可时间久了，关月月对徐薇的界定直接变成了"金玉其外，逗逼其中"，因为她经常让人哭笑不得。

她们去吃饭，徐薇把自己那份吃完后，便将目光瞥向关月月的盘子："关小兔，我发现你最近发胖了，你看你这肚子，隔壁小强都能在上面游泳了。"

关月月默默抑制住内心的不爽，风雨不动地继续吃。

"关小兔，你看你还不谢我，我这是为你将来的归宿操心，知道吗？能吃这么多吗？脂肪得超标多少啊，那一坨坨肥肉，啧啧啧……"

关月月额间青筋抖了抖，吃了一大口后把盘子推到徐薇面前。

徐薇有时出去跑吧唱歌，经常大半夜跑到关月月住的地方，对着门一阵狂敲。关月月睡觉再沉也禁不住她这大砸大踢，忍着一肚子气开了门，本来想发作一番，看徐薇一脸可怜兮兮的样子，只能认命去抱被子。

第二天，关月月十分严肃地跟徐薇谈这个问题。徐薇穿着睡衣，脸上的烟熏妆还没有卸干净，原本精致利落的短发像被炸过的鸟窝。

"徐薇，我很严肃哦，我现在很严肃！"

"关小兔你大清早发什么疯啊！"

关月月扶扶额头，一脸无奈："大姐，现在已经十二点了，我都下班回来了。还有啊，你能不能别大晚上拆我家门啊，被你吵醒很不爽！"

徐薇揉揉眼睛，口气依旧没心没肺："那你把钥匙给我不就好了，关小兔你怎么反应这么慢，越长越笨！"

关月月想了想，好像也是，正想去房间里拿备用钥匙，突然她反应过来，抓起沙发上的抱枕砸了过去："徐薇，这明明是我家啊！"

当然，徐薇也有靠谱的时候，有时她跑吧赚的工资多了，就带关月月去购物。去的全是国际大牌专卖，一件上衣就顶关月月大半个月的工资。关月月心疼，死活把她往外拽。徐薇见她这副德行，就差没一脚踹过去："关小兔，你记住，人得活得有质量！"

说完，霸气地带她进去选衣服，然后霸气地结账。

关月月从来没那么小心地试过衣服，生怕一个不注意就把衣服扯坏了。

有一次，关月月被公司同事骚扰，她性子温暾不好意思直接拒绝，导致对方死缠烂打、穷追不舍。徐薇知道后，和那个男同事"温柔"地电话沟通一番，那男的再也没找过关月月。

"关小兔，你知道双生花吗？传说中是黑暗里洁白漂亮的花，在一个梗子上互相爱、互相斗，用最深刻的伤害表达最深刻的爱，直至死亡。只要一方死亡，另一方也会悄然腐烂。"

"你个猪，这么快就睡着了！"

"关小兔，你记住，我永远不会伤害你。"

# 三

关月月一直以为，徐薇是她平凡生命中绽放的最美烟火。

世人皆道你风华无双，却无人懂你心酸凄凉。

"徐薇，我怎么粗心到忘了，你也会有伤痕？"

徐薇生日那天，关月月买了蛋糕回家。刚走到楼下，就看到徐薇用力挣脱那个男人的怀抱，眼神里有说不出的狠绝："项天宇，我最后说一遍，我这辈子都不想见到你，你给我滚！"

那男人不依不饶，极力想解释什么。

"薇薇，我回来啦！"

听到关月月的声音，徐薇僵硬的脸上总算有了些神采。

关月月一把拉过徐薇的手："走，薇薇咱们回家！"

徐薇任由她拉着上楼，看她点上蜡烛，露出和平时一样没心没肺的笑容。

"薇薇，生日快乐！"关月月知道她心中痛苦隐忍不发，也知道她不想说任谁也撬不开她的嘴这一脾性，便默默收拾好碗筷，安静地坐在客厅里玩手机。

睡着后迷迷糊糊听见吉他声，关月月撑着意识起身，看到了坐在阳台上的徐薇。

"Where are the plans we made for two, if happy ever after did exist……"

原本快节奏的歌曲被改成慢歌。关月月裹了件薄呢外套，坐在徐薇旁边安静地倾听。

徐薇向她轻轻一笑，眸光灿若星子："关小兔，我还没跟你说过项天宇吧？"

徐薇一手撑住额头："我和他是在我二十二岁生日那天认识的，就是六年前的今天。二十二岁之前，我的生活，包括吃穿用度都是最好的。可惜我爸妈的公司在那年破产，欠了好几千万外债，后来他们自杀了。他们死的时候，我在国外。"

关月月听得心惊，无意识地抓紧手里的衣服。

"爸妈死后，我就回了国。料理完后事，债主找我要钱，我一个人对着别墅发呆，哭着让他们给我缓期。总想着，别墅是我对家唯一的念想，不能再丢了。我开始想办法赚钱，可几千万的窟窿不容易补上。起先在酒吧驻唱，有一次我唱完时，一个男人递了张名片给我，他就是项天宇。他问我有没有兴趣加入他的公司，我问他来钱快不快，他看了我好一会儿，笑着点头。

"那段时间我得了抑郁症，没日没夜地唱歌，没日没夜地创作，一度想过自杀。项天宇陪我去国外治疗，给我包装。我

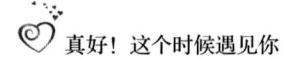

在国外开了演唱会，没几年就把欠款还上了。

"关小兔你知道吗？我本来是想，还了债就去死的。可是项天宇让我发现了这世界还有那么点理由能让我留下。"

徐薇有些哽咽，初秋的风吹在身上，过分凉薄。

"后来我们相爱了，在一起三年。那三年我过得特别开心。我以为我会嫁给他，然后生个宝宝，多好。可有一天，一个女人来找我，求我放过项天宇，求我不要毁掉她的家。

"关小兔，你一定没尝试过那种绝望的感觉。我的家毁了，我怎么能毁掉其他人的家呢？这不对啊！之后，我一个人回了国，开始流浪，然后遇见了你。

"你一定不知道吧，其实我早在地铁站时就看到你了，傻傻地闭着眼睛，特别可爱。我喜欢你的清澈，让我觉得温暖，看到你，我就觉得没那么累。"

关月月抱着轻轻颤抖的徐薇，泣不成声。

"关小兔，不要哭了，我喜欢看你笑，你笑起来特别好看。"

徐薇缓缓拍着关月月的背，兀自叹了口气，闭上了眼。

# 四

隔天早上起来，徐薇不见了。

关月月急得打了一天电话，可手机除了那段机械冰冷的女声提示，再无其他。而更让她感到挫败的是，除去这个号码，她对徐薇的社交了解度为零，这也就意味着，如果徐薇不想跟她联系，她有可能永远见不到她了。

打了几天电话后，关月月放弃了寻找。她想，若是徐薇想回来，她们终会相见。

日子一天天过去，再没有人弹吉他给她听，再没有人跟她抢饭，再没有人取笑她，再没有人在她受欺负时帮她出气，也再没有人带她去买衣服，执意把认为最好的东西塞给她。

习惯真是一件恐怖的事情。徐薇，你说我们是双生花，其实我听见了。既然是双生花，那你走远了，还是要回来的，对不对？等你好了，就会回来的，对不对？

半年后，关月月收到一封邮件，照片上的女子笑得恣意开怀。

"流浪流浪流浪——关小兔，我突然想念你的微笑了。"

邮件中还附着一张机票。

关月月在办公室里笑得璀璨，一不小心，眼泪就下来了。

徐薇，我始终相信，善意地对待这个世界，这个世界就会报以相同的恩惠，就算暂时以刻薄和荒芜相欺，也要与繁华和温暖相爱。我相信时间会治愈一切，在此之前，我们只有安心等待。道尽途殚之后，终会岁月逢春，柳暗花明。

## 那年，有个跳芭蕾的姑娘
## 踮着脚尖踏进我的心间

在这以后的很多年里，李凡期遇到过很多女人，也看过许多场芭蕾表演，只是再没有那么一个人和那么一场舞让他心动，而后万劫不复。

# 一

李凡期看着台上穿着桃红色高衩旗袍，扭着腰肢做风情万种状唱歌的女子，眼底不禁浮起了一抹蔑视。

穿梭在餐桌前的一名女服务员过来倒香槟的时候，故意用自己高耸的胸部贴近李凡期的身体。察觉到对方大胆的诱惑，他似笑非笑地将人揽到怀里，伸手在女子柔软的胸上捏了一把，惹得那女子娇俏战栗。而他，轻蔑地端起桌上刚斟的威士忌，像是浇灌花草一般，优雅地，温柔地，对着那女子的脸浇了下去。那女子挣扎着逃脱，他也不阻拦，索性放开手，任她狼狈离开，然后从怀中掏出方丝帕，将手擦拭干净。

见此场景，随行的人无不心中忐忑，这是个不好对付的主儿，嘴上却打趣道："李总，你未免也太不怜香惜玉了吧？"

李凡期本就生得俊美，身上的粉色斜纹衬衫衬得他的脸越发白净，俊美得有些过分，以至于给人一种阴森森的感觉。

听到那句怜香惜玉，他竟扬起了唇角。这一笑，似如暖阳，让在座的人一阵恍惚，仿佛眼前这个俊美的男子只是一个温润无害的人，而不是商场上以雷霆手段逼得对手跳楼的李凡期。

"怜香惜玉，也要是香玉才好。"

谁都不知，那一刻，他只是想到了远在大洋彼岸的少女。那是他等候多年，如今终于能够采摘的一朵白莲。

# 二

李凡期第一次见到孟子安是在 2003 年，瑞士日内瓦湖畔的一座美丽小城里，准确地说，是在洛桑博利厄剧院举行的第三十一届洛桑国际芭蕾舞决赛中。

十七岁的孟子安，在舞台上就像一朵徐徐绽放的白莲，一朵盛开在滚滚红尘中却依旧不减风华的白莲，由一个小小的花蕾蔓延，缓缓地成长，直至热烈绽放。

白色纱裙随着少女的舞步不停旋转，灯光打在少女曼妙的身体上，手背扬起又优雅落下，像是掬着一绺柔和的银辉轻轻挥洒。下腰、大跳、踢腿、一字马、原地单脚旋转，每一个动作都优雅得不可思议。

随着少女精湛的舞技、柔美的动作，在场的人仿佛都能看到那株洁白的莲花在习习柔风的轻抚下，披着一身月辉濯濯摇曳于尘世之中。最后一个堪比雕像的阿拉贝斯克做完，掌声雷动。

李凡期不懂芭蕾，他来瑞士是商谈跨国企业合作事宜的，恰好被主办方邀请去洛桑观看芭蕾舞选拔比赛。可不想这一看，却就此失了心。

作为 B 市有名的黄金单身汉，他从来都不相信一见钟情，可当他第二次见到孟子安时，忽然听到心底有个声音：就是她了。

那时比赛已经结束，少女正在向同行的伙伴们笑嘻嘻地展示已经磨烂的舞鞋。看着少女的盈盈笑脸，李凡期费了好大心力才按捺下满腔的爱意。他告诉自己，她还小，不能吓着她。

给比赛主办方捐赠了一笔不菲的奖金后，他了解到孟子安的许多信息。随后，他不动声色地铺开了一张大网，等着毫不自知的猎物掉进来。

## 三

孟子安是个遗弃儿，养母生前是小有名气的芭蕾舞蹈家。孟子安在很小的时候便开始学习芭蕾，并且很有天赋。可惜好景不长，养母在她十六岁那年患病去世。

养母逝世后，她的生活虽然有政府救济，可芭蕾却再也没有办法跳下去了。

那次洛桑国际芭蕾舞比赛，她并没有抱多大的希望，原本是打算最后一次在舞台上亮相，同自己做一次告别的。可没想到，第二天主办方便打电话通知她，说有人愿意无条件资助她继续学习芭蕾，并且让她留在欧洲最好的皇家舞团学习。

她是真心感谢这位资助自己八年却不留名的企业家，所以在被通知资助人想要和她见一面时，便毫不犹豫地答应了。

不是没有猜想过这个好心的资助人会是什么模样，但她绝对没有想到，原来资助自己的，竟是一个如此英俊而有魅力的男人。

第一次见到李凡期，孟子安吃惊了许久。不过也仅限于吃惊而已，更多的还是感谢。

她有个相恋四年的华裔男友，是个大提琴手，两人在一次音乐会上相识，如今恋情稳定且已计划好，等孟子安明年的舞团公演结束后便结婚。

听她讲完，李凡期带着一抹温和无害的笑容说着恭喜，并提出了自己此次和她见面的真正目的——希望她能以芭蕾舞蹈家的身份为公司一款珠宝代言。

孟子安一口答应，但拒绝了高昂的代言费，她弯弯眉眼，调皮地笑着说，这是她应该做的。

看着面前专心喝着橙汁的少女，李凡期忍住了想要伸手抚摸她柔软长发的冲动，只是摇晃着高脚杯中的酒，而后一饮而尽。

## 四

李凡期告诉孟子安，无条件资助她八年，是因为她长得和自己病逝的前女友很像，可她不知，李凡期从来没有过女友，更何谈与她相像。

孟子安天真地以为眼前这个男人如此重情，借自己来悼念病逝的女友，因此对他的每次邀约都从未拒绝，只是坚持不收代言费。

两人的关系，随着一次又一次的见面和相处，变得越来越好。对于孟子安来说，李凡期既像一个大她十岁的哥哥，又像一个可以倾听她所有心事的知音，但这所有的一切，都建立在无关风月的基础上。

有那么一刻，孟子安无比感激上苍如此厚待自己，虽然亲生父母不详，可她有养母、有男友、有哥哥、有好友，有自己最心爱的芭蕾事业和即将到来的幸福。

可这幸福只维持到她公演的那一晚。那天，未婚夫在赶来看演出的途中出了车祸，不幸遇难。

两人说好等她公演一结束便要结婚的，当警方把那枚戒指给她时，她觉得心都空了，而神色却镇定如常。未婚夫的父母对此异常失望，当着那么多人的面怒斥她没良心：儿子是因为这个女人才白白丢掉了性命，可到头来这个女人竟然一滴眼泪都没流过，一定是她害死儿子的。

未婚夫的双亲不肯原谅她，更不肯让她参加葬礼。孟子安只得等到葬礼结束，趁着夜色偷偷地溜进墓园，一个人抱着墓碑喃喃自语。

# 五

如果不是守墓人巡逻时及时发现，也许孟子安就能如愿以偿地去黄泉路上陪未婚夫了。被发现时，她的右腕已经被琴弦磨得血肉模糊，那么深的口子，差一点儿就割到动脉。

因为割腕的同时也伤到了手部其他经脉，所以就算抢救及时，性命无碍，她的右手却不能自如活动了。

她再也不能跳芭蕾了。被告知这一消息时，孟子安只是静静地看着手上的戒指，对于芭蕾，她已经无所谓了。

自从知道她有自杀倾向后，李凡期放下所有的事情，寸步不离地照顾了她整整一年。

如果此时再看不出来这个男人对自己的心意，那她不是无心便是装傻了。可如今，她虽然从失去未婚夫的伤痛中走了出来，但在短期内却也决不会再接受任何人。

李凡期并没有死心，他既然可以等孟子安八年，自是不会轻易放弃。他有耐心，也愿意等。

在未婚夫逝后的第六年，也就是 2017 年，孟子安答应了李凡期的求婚。

只是这次，幸运之神依旧没有眷顾她。

婚礼现场，警察以几年前指使他人蓄意谋杀的罪名逮捕了李凡期。

原来孟子安的未婚夫并不是死于意外事故，而是人为。通过孟子安提供的证据和警方的严密调查，李凡期被判入狱。

被警察带走时，李凡期请求给他两分钟，他要为新婚妻子戴上戒指。可当他手持亲自设计的婚戒想要给孟子安戴上时，却发现她无名指上的戒指从未拿下过。

# 六

因在狱中表现良好，李凡期被提前释放了。等他回到家，看到的却只有一双陈旧的芭蕾舞鞋和许多封信。

孟子安终究还是离开了他。

他的爱太偏激，她承受不起。

那些信，没有收件人，也没贴邮票，都被原路退了回来。助理问，舞鞋和信怎么处理，他只留了舞鞋。那些信被悉数扔进垃圾箱，上面的内容除了写信人之外再也无人知晓。

在这以后的很多年里，李凡期遇到过很多女人，也看过许多场芭蕾表演，只是再没有那么一个人和那么一场舞让他心动，而后万劫不复。

# 庭前花木暖

花是有灵魂的，因为照顾它们的人是温暖的。

我喜欢花，更喜欢照顾它们的你。纵使往事如烟，依然感谢你在我生命中的昙花一现。

一

幼年的路雨香时常在想，为什么阿宁会给自己取这样一个名字。她是被他捡回来的，他们算是亲人，她跟他姓路也无可厚非。可是，雨香？雨怎么会有香味？自己明明闻过也尝过，雨水不仅没有香味，还带了点泥土的腥涩味道。

不过，对那时候的路雨香来说，最大的烦恼并不是名字，而是别的小朋友都有爸爸妈妈，只有她没有。

阿宁却说，她是花仙子，是从美丽的花朵里生出来的。

这种话，拿来骗骗那些不懂事的小娃娃还差不多，聪明机智如她，已是十岁的姑娘，怎么可能听不出来他在撒谎？

然而，当有小朋友嘲笑她是路边捡来的没人要的破小孩时，路雨香还是会摆出花仙子的高傲姿态：汝等区区凡人怎配和我这般美丽优雅的仙子相提并论？！

转过身时，她很想哭，但她总是会将快要溢出眼眶的泪珠硬生生地逼回去，不能哭！哭过了眼睛会红，眼睛红了阿宁就会问，问过后，他又会伤心难过。

她可不想让阿宁难过。

十五岁之前，路雨香一直住在百花镇。镇如其名，小镇里家家户户、祖祖辈辈都懂养花饲草，各种名贵的、不名贵的，说得上名字的、说不上名字的花草，这里几乎都有。售卖自家种植的花草，自然也是百花镇村民的主要经济来源。也许是从小沾了花草的灵气，镇上的孩子们都出落得冰雪可爱，与这百花镇的名号相得益彰。

路雨香自然是个中翘楚。饶是那些爱嚼舌根的妇人们，看到这个满身灵秀的小姑娘，也忍不住暗暗赞叹一声"好相貌"。毕竟谁都没想到，傻子阿宁还能拉扯大这么好看的小姑娘，真是傻人有傻福。

对，如果只看外表，谁也不会想到，这个眉清目秀、皮肤白皙的男子有什么异于常人之处。但观察久了就会发现，看起来像从水墨画里走出来的他在集市卖花时，总会突然对着客人流口水，并且小便失禁。

这样的阿宁，能够养大雨香，着实是个奇迹。

可对于雨香来说，阿宁只是和常人有一点点不同而已。一天的大部分时间，他还是那个温暖爱笑、对她疼爱有加的大哥哥，只在一小部分时间里，他才是那个懵懂无知、需要被人照顾的小宝宝。

雨香不知道这是什么病症，但她坚信，她的阿宁，不是傻子！

你见过哪个傻子长得这么好看？！

十六岁那年，雨香以优异的成绩考进县里最好的高中。当时阿宁是清醒着的，他真心实意地高兴着、骄傲着，拿出卖花积攒下的大半积蓄准备为雨香交学费。出门前，他还将自己收拾了一番，穿着新买的白衬衫，越发衬得他面如冠玉。

然后，阿宁送雨香到新学校去报到。

起初，一切都很正常。他们一起排队交学费，去领床单被罩、生活用品，到宿舍帮她收拾床铺，像所有普通家长一样，恳切地拜托寝室里几个女孩互相照顾，阿宁还把从家中带来的兰花送给她们。

阿宁非常希望自己能像一个正常人那样送妹妹上学，虽然有些恋恋不舍，但他依旧微笑着离开，同所有家长一样。

然而，事与愿违。

和雨香说了再见，即将离开宿舍时，阿宁忽然变回了那个需要被照顾的小 baby——在众目睽睽之下，方才还被众人窃窃私语谈论到底是谁家的帅哥哥，长得又好看又温柔的那个人，在宿舍门外小便失禁了。

二

"你喜欢路雨香，有没有搞错？虽然她长得的确貌若天仙，但谁都知道这姑娘是出了名的铁石心肠，灭绝师太啊。"

"没关系啊，我可以用我的热情慢慢融化她这座冰山。"

"那她家有个疯子哥哥，这事你知道吗？……对对对，听说一开学就在宿舍门口尿了裤子，你都不知道，当时把整个宿舍的人都给惊呆了。"

诸如此类的言语，路雨香早已免疫。

的确，阿宁有时候会发癔症，做出一些连自己都不知道、不能控制的事情，可雨香早习以为常，就像知道人有生老病死一样。她觉得，这些都是人之常情，不可避免。就像自己，生下来就被亲生父母丢弃，若不是善良的阿宁把她捡回去养大，她可能早离开这个世界了。那么，因为阿宁而被人嘲笑几句又算得了什么？做人堂堂正正、德行不亏，便可安得自心，对于其他的，她还真不在意。更何况，她现在最大的目标，就是要好好学习，争取拿到每一次奖学金，考上自己心仪的大学。

雨香读高三那年，阿宁和百花镇里几个年轻人合伙去 S 市花鸟市场做鲜花批发和零售生意。起初，靠着 S 市没有的鲜花品种，他们倒也小赚了一笔。可最后，众人欺负阿宁是"傻子"，只给了他应得报酬的五分之一。

雨香则在家里研究，如何让阿宁的花更有市场竞争力。

事实证明，拿了很多次年级第一的脑袋瓜果真聪明过人，她还真想出了办法。

在雨香即将跨入医科大学的那个暑假，他们用阿宁从 S 市挣到的钱和之前的积蓄，在县城开了一家主题花店。

和其他花店不同，雨香把店一分为二，不仅有各色鲜花出售，还经营各种手工制作的鲜花工艺品，诸如干花标本，花枝做成的皇冠、竹篮，等等，虽然算不上名贵，但胜在构思别致、创意精巧。此外，店里还有各种花茶，又设有秋千吊椅，整个店铺的装饰极为清新别致，很快就吸引了许多客人，其中尤以年轻女孩和情侣居多。毕竟这家名为"庭前花木暖"的店铺，太懂得迎合客户需求了，简直是闺密拍照和情侣聚会的上佳选择。

# 三

"路医生，您说的这家店，现在还开着吗？"

"我也不知道。我离开那里太久了。"

算起来，这已是她转让花店的第十个年头了。

雨香上大二时，不知从哪里冒出来一个老太太，自称是她的奶奶。后来她才知道，这个身穿藏青色丝绒旗袍的老太太，还真是她的奶奶。电视里八点档肥皂剧的剧情，竟然出现在她的生活里。

据老太太说，父亲当年婚内出轨，于是有了她这个私生女。出于所谓的家族名声，尚在襁褓中的她被遗弃了。后来，她那从未谋面的哥哥因为酒驾在一起车祸中丧生，这时候，已近花甲的父亲似乎才想起来，还有她这个女儿的存在。

"你倒是捡了个现成的便宜。"老太太说。

聪慧如雨香，怎能听不出老太太的言下之意？只是，这便宜她还真不愿意去捡。

她一口拒绝，令老太太不敢置信，疑心自己听错了。毕竟，摆在眼前的，是别人挤破头都想得到的数千万财产，可这小姑娘竟然丝毫不放在眼中。

于是，老太太又重复了一遍自己的来意。不料，得到的依旧是雨香带着微笑和不屑的拒绝。老太太无奈，撂下一句"你别后悔"，便气急败坏地上车离开了。

后悔？雨香倒是不曾后悔，只当是生活中多了一出戏。

小时候，她打心底里对亲情有着殷切的盼望，尤其是别的孩子和父母在一起的情景，一度令她无比羡慕。也曾有过埋怨，也曾在夜里偷偷躲进被窝里哭泣，可是想想把自己照顾得无微不至的阿宁，那么温柔的阿宁，又有什么好抱怨的呢？

她还记得，有一次阿宁见她羡慕地看着邻居家的婷婷穿了一条花裙子，隔天竟也给她买了一条。兴奋到无以复加的雨香抱着阿宁信誓旦旦："阿宁，你对我这么好，我长大以后就嫁给你好了！"

当时的阿宁，只是宠溺地对她笑着。小孩子的童言稚语，何必当真？

# 四

雨香读大学那几年，阿宁把店铺经营得有声有色，甚至于，他们已经开始盘算是不是可以有一次说走就走的旅行了。

那几年，也是她和阿宁最快乐、最无忧的时光。

大四那年，雨香没有参加学校的毕业旅行，而是自己做了计划，和阿宁去了一趟向往已久的欧洲。

她想去希腊看爱琴海，希望能在许愿池旁许下自己那企盼已久的少女心愿。然而，上天似乎就喜欢跟她开玩笑。在浪漫的爱琴海畔，邂逅爱情的人，并不是她。

阿宁恋爱了。与沿途旅行中遇到的一位来自中国苏州的姑娘。

阿宁唤她叫唯墨。他们的相遇相恋，亦是一出"英雄救美"的故事。

东方姑娘唯墨，在异国他乡的咖啡厅里遭遇了钱包丢失无力付账的窘事，一旁的男子为她慷慨解囊，随后两人相谈甚欢，彼此暗生情意。

雨香想，唯墨有着江南水乡女子独特的温婉动人气质，阿宁也是翩翩君子、温润如玉，这样看来，两人倒是极为相配。

虽是这样想了，可她的心里，还是抑制不住地涌起一阵阵伤感。

"阿宁，你真的很喜欢那个唯墨姐姐吗？"

问的同时，入眼的是阿宁害羞但坚定的眼神，雨香认真地点了点头："那我也喜欢她。"

曾经她想过，要做这个世界上于她而言最善良的男人的新娘。但如今，有更适合他的女子出现，自己亦愿意真心祝福他。

可是，她和阿宁似乎都忘了一件事——阿宁随时会犯的癔症。

在和唯墨的一次约会中，阿宁忽然又犯病了，四肢不停地抽搐，并连续击打自己的胸口，坚持说里面有一只怪物，他一定要把它打死。

唯墨第一次看到这样的阿宁，她试图去安抚眼前这个狂暴得像个狮子又像个孩子的男人，可还没等她伸出双手触碰到阿宁的背，便看到脚下一摊带着异味的液体。唯墨瞪大了双眼，似乎不敢相信自己看到的情景。待反应过来，温婉的江南女子尖叫着跑出了西餐厅。

# 五

"我以为我藏着不说，别人就不会知道。可是雨香，你看，从头到尾都是掩耳盗铃，自欺欺人。"

雨香记忆中，这是阿宁第一次在她面前流露出如此悲伤的神色。那个一直唇角挂着温柔笑容的男子，用他最大的善意去对待这个世界，可上苍给他的，何曾圆满？

其实很早之前，雨香便从小镇居民们的闲言碎语里拼凑出了阿宁的身世。同样是被亲生父母抛弃的孩子，她是因为不堪的私生女身份，而阿宁，则是因为家人无法接受一个"疯子"。

可是阿宁，你不要难过，我会一直陪在你身旁，一直一直，永不离弃。

雨香觉得自己有些可耻，明明阿宁失恋了那么悲伤，她心底却忍不住偷着乐。

自那以后，雨香觉得日子又有了盼头。

大学毕业前，系里有好几位教授都向雨香伸出了橄榄枝。几番斟酌后，雨香成了林教授的关门弟子。而林教授在精神科疾病的研究层面，即便放眼整个医学界，都是名声不菲。

"庭前花木暖"生意火爆，顾客越来越多，阿宁一个人忙不过来，雨香还为他聘请了两个兼职大学生来帮忙。

沉浸在幸福和憧憬里的雨香以为，日子会这样平静缓慢但不失安宁地一直过下去，一双人，一生一世。

可在研究所里接到的那通来自公安局的电话，却生生地撕碎了她对幸福所有的认知和幻想。

打电话的是一个年轻警察，他用温柔又带着遗憾的语调通知雨香去认尸。警察告诉她，阿宁在救两个落水儿童时，癔症突发不幸溺亡。水库旁不远处的摄像头记录下了这一切。

请节哀！年轻警察最后重复了几遍这句话。

可是，叫她如何节哀？如何能节哀？

那么善良，那么温柔的一个人。上天啊，你为何如此残忍？

# 六

阿宁离开后，雨香就将"庭前花木暖"转让了出去，接手的便是在店里兼职的那对大学生情侣。他们告诉雨香，他们是真心喜欢阿宁经营的这家店，也喜欢他的经营理念：花是有灵魂的，因为照顾它们的人是温暖的。

雨香象征性地收了一点转让费，随后又匿名寄给了附近的一所孤儿院。

研究生毕业后，雨香未曾再回过百花镇。因着优异的成绩，她很快在一家知名的医院找到了工作，不久便成为一名优秀的医生。

后来，雨香结婚了。丈夫也是一名医生，不过是个儿科医生，脸上常带着温柔的笑容，像极了当年的阿宁。

再后来，他们有了一个可爱的女儿。

一个雨天，刚满五岁的女儿欢呼雀跃着在庭院的雨地里奔跑欢笑，两旁的梨树下，雪白的花瓣随着雨丝纷纷落下。

看着女儿笑意盈盈的脸庞，雨香忽然明白了。

很多年前的一天，也是这般，雨水像散落的珠帘盈盈垂落，一株梨树下躺着一个可爱的小宝宝，正对着一个清俊少年甜甜地笑着，粉嫩的小脸上，粘着几片被雨滴打落的洁白花瓣。

那雨，是有香味的啊。

隔窗看雨的女子唇角微微扬起，眼梢却已抑制不住泪意……

只要相遇就很美

## 那一双温暖过你的手

　　每个人的一生都好像一部电影，而他们就是电影里的主角。有时候，他们会以为自己也是别人电影里的主角，但可能只是一个配角，只有一个镜头，更说不定，他们的片段早被人剪掉了，居然还不自知。

她很喜欢他，但仅仅是喜欢，喜欢十八岁的他——停电时，牵着她的手下楼梯的男生。而现在，她只能真心祝福。

顾小年的邮箱里，静静地躺着一封未发出的信，书桌上的青色手札里，夹着一封烫金的喜帖。

如果不是这封喜帖，她可能都想不起那个人了。可是看到这个名字，回忆就像埋在地下的杏花酿，未开封前以为早忘了，掀开盖子的那一刻，味道却扑面而来，避无可避。

十八岁的初夏夜，空气中还浮动着栀子花的幽香。上完国画课时，楼梯间突然一片漆黑，随后便听到有人在叫："停电了，停电了。"

脑海中顿时一片空白，在蜂拥的学生群的推搡下，顾小年被挤到四楼楼梯扶手的角落旁。等她缓过神来，楼梯口原本拥挤的人群早已散去。

她惶恐地睁大眼睛，可眼前还是一片黑暗。那四层楼梯对于顾小年来说便像万丈悬崖，而她此刻正站在悬崖边，不敢踏出一步。

"没事，你扶着扶手，慢慢往下走。"黑暗中，一双手握住了她的手，然后一个台阶一个台阶地带着她往下走。

一切发生得那么突然，顾小年那颗扑通乱跳的心还没缓过劲儿来，牵引她走下楼梯的少年早已不见踪迹。

睡前，顾小年习惯性地拿起枕边的书，翻到夹了书签的那一页，是席慕蓉的一首诗，名叫《禅意》。

她鬼使神差地下了床，取出自己心爱的手札，将这一首拨动心弦的小诗工整地抄下。

她想，她知道他是谁。

整日来催收数学作业的课代表的声音对于这次月考英语、语文班级第一，数学班级倒数第三的她来说，也只能定义为魔音。

第二天下午，数学课代表又过来收作业，一向拖交的顾小年却一反常态，乖乖地将作业交给了他。在他转身时，她小声说了句"谢谢"，背对着她的男孩竟然听到了，回过头来挥挥手，回了她一句："不客气，小事一桩。"

顾小年盯着那只朝她挥动的右手，暗想着便是这只手在昨日带她走过四层楼梯，走过那几分钟的黑暗。

"下节体育课自由活动，小年你去不去操场看他们打球？"同桌其实也只是随口一问，没想到一向对篮球不感兴趣的顾小年，这次竟然破天荒地点着头："好啊好啊，一起去看呗。"

"咦，小年，你转性啦？我刚问你的时候，还想着估计你又要说打篮球有什么好，一群人抢一个球，还搞得一身臭汗呢……"

以前，顾小年的确是这么认为的，可这一次，她却很想去看看。

不知道为什么，看到操场上一米八几的大男孩挥汗如雨的样子，顾小年竟觉得就连他擦汗的动作都那么好看。

"数学课代表打球的样子真帅！"同桌看着前方打篮球的男生们情不自禁地发出感慨，顾小年也在心里悄悄地附和，是很帅呢，很帅很帅。

顾小年发现，自己喜欢上了这个阳光帅气的大男孩。于是后来的数学作业她再也不会拖延，不会做的时候还觍着脸向他请教。

不止顾小年，班里好多人都喜欢找他讲题。

每一次，他都会认真地讲解，并在稿纸上完整演算一遍。

看着他握笔在稿纸上演算，顾小年总会想起那天停电时，那只牵着自己走下楼梯的手。握着它时，就好像牵住了阳光。

后来，顾小年的数学有了突破性的进步，虽然没有达到像语文和英语那样优秀的程度，但再也不会在倒数线上徘徊，每一次发卷子时，数学老师总要表扬她一番。

高考时，顾小年考上了理想的大学，而那个教她数学题、收作业的大男孩，被保送到了复旦。

大学毕业后，顾小年没有加入浩浩荡荡的考研大军，而是在学院老师的推荐下，进了一家杂志社。从端茶倒水的小助理做起，几年后，坐上了副主编的位置。

日子过得波澜不惊，如果不是这封喜帖，她可能都忘记了那个人。只是一旦记起，记忆又变得异常清晰。

去赴宴的路上，顾小年忽然想起很多年前那个晚上自己摘抄过的一首小诗：

当你沉默地离去

说过的或没有说过的话，都已忘记

我将我的哭泣，也夹在书页里

好像我们年少时的那几朵茉莉

也许，会在多年后的一个黄昏里

从偶尔翻开的扉页中落下

没有芳香，再无声息

窗外，那时也许正落着细细的

细细的雨

# 那个唱着《斑马，斑马》的姑娘

斑马斑马，你还记得我吗？我是强说着忧愁的孩子啊。

斑马斑马，你睡吧睡吧，我把你的青草带回故乡。

斑马斑马，你不要睡着了，我只是个匆忙的旅人啊。

斑马斑马，你睡吧睡吧，我要卖掉我的房子，浪迹天涯。

——宋冬野《斑马，斑马》

梁文希搬家收拾东西时，无意间在从前的旧书稿里发现了一张还未完全泛黄的旧照，四年前拍立得留的影，能清晰可见地保留到现在也算稀奇。

照片上是一个眉眼如画的姑娘，在一家烧烤摊前弹着吉他。

他拿着那张照片怔怔地发了一会儿呆，随后又将它塞进了书中。没过多久，又取出来看了几眼，似是想将照片上的人印在心底。

高考前一个月的一天晚上，为了排解这人生大考所带来的压力，晚饭后他信步在街道上闲逛。

路上灯火迷蒙，过客匆匆，人声鼎沸。两旁的栀子清香和大排档里烟熏火燎的烤肉及酒水的气息混合在一起，有些难闻，让人烦躁，似乎使心中脑中的愁绪更重更浓。

就在此时，那个身穿浅蓝色棉布裙、领口绣有小簇兰花的姑娘，在一家大排档的门前弹起了吉他，唱着他闻所未闻的民谣。后来才知道，那首歌有个动物的名字。

姑娘及腰的长发披散在身后，松墨般精致的眉眼低垂，耳边鬓发落下，半遮着玉瓷似的脸庞。

围观的人很多，但梁文希敢肯定，认真听她唱歌的不到看她长相的一半，看热闹的更是居多。可姑娘似乎浑不在意，只沉浸在自己的歌声里。

梁文希一度疑心那歌声是假的，因为听起来如此沧桑，似乎不是这个甜美姑娘该有的声音。在他看来，这样的女孩子都应该有一副黄鹂般婉转娇柔的嗓音。

可他也无法否认，就算不那么甜美，就算有种异样的流浪沧桑，入耳时，那声音还是好听得无可救药。

梁文希呆呆地站在姑娘的面前，直到曲终人散。

那一刻，时间的流逝就像一片羽毛般轻轻地落地，悄无声息。

之后连续一周，晚间复习完功课他总是不由自主地走到那条街，走到那家名叫胡胖子烧烤的大排档前——那个总是唱《斑马，斑马》的姑娘所在的地方。

第五天，身穿棉布裙的姑娘唱完第一曲时问他："你喜欢听我唱歌吗？"

梁文希毫不犹豫地点了点头，甚至还腼腆地微笑着，露出一颗尖尖的小虎牙。

唱歌的姑娘也是第一次看到这么干净的少年。她在很多地方唱过很多歌。无论是纸醉金迷的酒吧、喧闹嘈杂的街头，还是所谓格调高雅的西餐厅。

无论是衣冠楚楚的绅士，还是穿着睡衣在街头大声和商贩讨价还价的家庭主妇，她见过的人太多太多，可只有这个少年，让她知道，他是在认真地听她唱歌。

"谢谢。你是唯一一个让我感觉自己没有白唱的人。这一站，有一个听众也算不错了。"

"我看过了，每天听你唱歌的人有好几十个，他们都是听众啊。"

姑娘抬起长长的仿佛沾了星星碎片一般的长睫毛，朝他微笑，原本弹拨吉他的双手，此刻指着自己的心口："可我觉得听到这里的，应该只有你一个。你喜欢听什么歌？我唱给你听。"

梁文希受宠若惊地看着眼前的姑娘，嗫嚅道："我没有特别喜欢的歌曲。"

事实上，他已经很久没有听歌了。自从父母打着"一切朝高考看齐"的口号对他的学习给予高度重视后，他仿佛已经和外界流行的世界脱轨了许久，每天就是周而复始地学习学习再学习。就连这饭后短暂的散步休息，也是最近为了缓解他的焦虑，父母所赐予的恩宠。

"那我就随便唱一首吧。"姑娘用手拨了拨琴弦，复又开唱：

难以忘记初次见面，

一双迷人的眼睛，

在我脑海里，你的身影，

挥洒不去

……

爱上你是我情非得已。

一曲终了，周围掌声如雷。相比那些听不懂的小众民谣，大家更倾向于听这种简单直白的情歌，甚至于，掌声中还夹杂着忽高忽低的口哨声。

梁文希知道，她只是简单地为自己唱首歌而已，可还是无法抑制心脏猛烈的跳动，他需要很用力地捂住胸口，若不这样，仿佛下一刻，心脏就会跳脱出胸膛。

很多年后，他偶然间看到那句"若有知音见探，不辞遍唱阳春"时，突然想起了那年那时那刻的姑娘和自己。

而当时，他只是站在人群中，害羞地低下了头。

那天，他忽然鼓起勇气问她，明天是不是还会来唱歌，是否还在此地？

姑娘没有停下手中收拾的动作，只轻轻地"嗯"了一声。

于是第六天晚上，他如约过来听她唱歌，并且带了向同桌借来的拍立得。然后，在姑娘闭眼拨弦开口的一刹那，留下了她的身影。

再后来，没有第七天。因为那个穿着棉布裙、唱着有动物叠词歌曲的姑娘，走了。

不知道她来自哪里，去了哪里，甚至于，他还不知道她的名字。一切就好像是风中的一缕烟尘，刮到了这里，随后又刮去那里。相遇就是一场不可思议的奇迹，随后，奇迹消失，一切恢复正常。

他沉默了许久，抑郁了许久，伤心了许久。

许久以后，他几乎忘了有这么一段际遇，直到发现那张照片。

李安在《饮食男女》中曾借主角之口说过："遇上那个人的时候，我们以为自己会爱他一辈子，他已经这么好了，我怎可能爱上别人？然而，岁月会让你知道，一辈子的心愿，真的只是一个心愿。"

# 初雪

　　金色的阳光穿过车窗，洒在少女白皙如玉的脸上。他目不转睛地看着，忽然很想伸手摸一摸她根根分明的眼睫毛——黑得那么动人，那么撩拨人心。

某天，好友 Z 君突然打电话告诉我，他喜欢上了一个只见过一面的陌生小姑娘。在我听来这好像天方夜谭一般不可思议，然而，在他的讲述中，这却是毋庸置疑的真实存在。

Z 君做的是私营大巴的生意。因为是私营，所以票价较国营的相对便宜，在一些小乡镇中很受欢迎。

那天和往常一样，车过了高架后他开始挨个收钱。从车尾收到车头，点清之后放入车柜里。

他们的车每天凌晨五点二十分天微微亮时便已出发。此时，他有些困意，便随意倚在前方一个座位旁闭了眼休息。

最近是学生返校高峰期，一路上虽说堵车不是十分严重，可也绝对走得不顺畅。当 Z 君被一个急刹车惊醒时，便听得几人骂着粗话。

原来车上有一个小女孩突然晕车，呕吐不止，却没有想起用刚刚 Z 君收钱时顺便分发的垃圾袋。

呕吐物的味道顿时弥漫开来，车里又是一阵嘈杂的不满声，Z 君也想骂娘。不过看着那个"肇事"的小女孩一副难受且害怕的模样，他忍住了爆粗口的欲望。

乘客们抱怨的声音越来越大，他只好费力去安抚大家说，再过半小时就到休息站了，那时可以下车透透气，现在请大家互相体谅一下云云。

车上的吵闹声渐渐平息，他深吸一口气，再转头看时，却感到莫名地欣喜。

那个小女孩身边，一个穿着浅绿色连衣裙的少女，正拿着一块湿巾耐心地帮小女孩擦拭脸蛋，从额头到嘴角，认真谨慎地像是在擦拭一个无价之宝。擦拭完，少女将湿巾放进他分发的垃圾袋里，又从背包里掏出一个深蓝色的迷你小罐子，从里面倒出两颗糖放在小女孩手里，还细心地嘱咐道："把它含在嘴里会舒服一点儿，不要嚼，嚼碎会很辣的。"

他今年三十四岁，不敢说阅尽千帆，但也看过人生百态，今日却因一个少女而心起波澜。

金色的阳光穿过车窗，洒在少女白皙如玉的脸上。他目不转睛地看着，忽然很想伸手摸一摸她根根分明的眼睫毛——黑得那么动人，那么撩拨人心。他情不自禁地伸出手，在无意识间做了刚刚脑海里闪现的动作。

少女被他的这一举动吓了一跳，猛地往后一仰，他适时将手换了动作，轻轻地敲了下她的脑门："大小孩照顾小小孩。"

少女吃了他这个"爆栗"，不满地朝他瞪着一双琉璃珠似的眸子，可在听到他的话后，却害羞地垂下眼眸并涨红了耳朵："我才不是小孩，我是成年人了。"

听了这句小声的辩解，他更加兴起，想要和她继续聊天，顺便逗弄这个纯情的小姑娘一番。

"看不出来你还是成年人？我看你最多就是个高中生。"

"那是你眼睛不好，我明明都升大一了。"

他迅速抓住了关键字眼："大一？那你上了哪所大学？"

少女突然转了转眼珠，狡黠地弯起了唇角："我干吗要告诉你。"

他不依不饶，干脆坐在少女旁边的座位上，大有一副打破砂锅问到底的样子。少女终于敌不过他的激将法："苏州大学历史系啦！"末了还小声地嘀咕，"大叔你真的很婆妈唉。"

这声嘀咕没能逃脱他的耳朵，于是他故意报复说："也不过一所很普通的大学嘛，看你搞得那么神秘，我还以为你考上清华北大了呢！"

毫无疑问，他遭到了对方投来的大大的白眼："拜托大叔，你动动脑筋好不好？我要是上清华北大，坐去苏州的大巴车干吗？这么简单的常识都不懂，笨死了。"

看着少女因为生气而鼓起的两腮，他想到了早晨在家门前的摊子上吃的汤包。少女那嫩白的皮肤就像那汤包一样可爱诱人。

将近半个小时，少女都没再开口说话，Z君终于忍不住，用手戳了戳闭眼假寐的少女："你叫什么名字？"

少女睁开眼睛朝他翻了个白眼："我才不告诉你。"

"哎呀，说个名字又怎么了，难不成你的名字太难听太土气，所以不好意思告诉我？"

"才不上当。"少女一边嘀咕，一边从包里掏出杯子准备喝水。看着空了的杯子，她才想起来，刚刚水都给晕车的小女孩喝了。

"你告诉我名字，我请你喝水。"Z君也看见了她空空如也的玻璃杯，坏笑着扬起了薄薄的唇。

"成交，不过你得先请我喝水，我已经渴得不能再多说一句话了。"

喝了几大口他殷勤递过来的"东方树叶"，少女深深吸了口气，幸福地伸了个懒腰："我叫林初雪，双木林，大年初一的初，雪花的雪。"

好名字，他心里暗叹，果真是人如其名。不过嘴上又是一番调侃："初中生的初，雪上加霜的雪，组合在一起可不就是雪上加霜的初中生？"

林初雪看样子已经不想再和这个怪大叔斗嘴了，虽然自信斗得过他，但一直抬杠也挺累的。

过了半晌不见她哈声，Z君不解地转过头，发现她又做假寐状。

大巴车出发已有两个小时，车上的一大半人都靠在椅背上入睡，静谧的车厢内只听得见正前方悬挂的电视机里播放着的电影声音。

又是一个突然的刹车，只是这次被晃晕的不是那个小女孩，而是林初雪。Z君看她强忍着要呕吐的欲望，利索地掏出垃圾袋，然后侧身向内背对着他才弯腰吐起来。

他走到车的前侧，用一次性纸杯接了点矿泉水递给她，让她漱口。林初雪接过杯子连漱了几口，脸色终于不那么痛苦了。她把垃圾袋扎紧，转头对他甜甜一笑："谢谢大叔。"

少女那一笑，眉眼弯弯，樱唇半张，露出半颗俏皮的小虎牙。他突然觉得心下一暖，仿佛世间最温柔的事也莫过于此了。

大巴到了休息站，林初雪赶紧拎着垃圾袋下车，扔完垃圾后走向超市。

他在大巴车不远处一边吸着烟，一边将目光牢牢地锁定在这个穿着浅绿色连衣裙的少女身上。

上车后，林初雪递给Z君一个用保鲜膜包裹着还冒着热气的玉米，他却不接，指着少女右手中的两根玉米烤肠："我要吃这个。"

林初雪只好无奈地分给他一根烤肠，心想这大叔怎么和小孩子一样，明明车上的大人都是去买玉米的，怎么他非要吃烤肠？早知道自己应该多买两根的，唉，就只剩一根了。

Z君心满意足地吃完烤肠，把穿烤肠的小棍子交给林初雪："喏，还你。"

林初雪被他那副理所当然的样子气得牙痒痒，只好拿出他之前给的东方树叶茉莉花茶狠狠地灌了几口来泄恨。

虽说 Z 君现在与人合伙做私营大巴生意，但人家当初也是"211"工程重点大学毕业的，称得上是青年才俊。哄哄女孩子，简直就是小事一桩。

果不其然，没过多久，两人又开启了拌嘴模式。

北京时间中午十二点整，大巴车准时到达苏州客运站的外栏，乘客们纷纷下车。Z 君和司机打了声招呼，然后帮林初雪把行李一直拎到客运站里去往苏州大学的车站处。

公交站口密密麻麻地挤满了学生，他心心念念的少女最终也淹没在人群里。

讲到此处，Z 君停了下来。

"怎么不说了，结局呢？"我问他。

他在电话那头笑了起来："我说包子，你以为我像你一样写小说啊，所有故事都非得有个结尾吗？人家到了车站自然就要去上学了啊，还能有什么结果。"

他的语气听来却没有半点遗憾的意思，我突然就觉得纳闷了："你不是说喜欢人家小姑娘吗？"

"没错啊，可我只是喜欢啊。"

我突然明白过来，他说的喜欢，其实更多的只是欣赏的成分。就像在人潮汹涌的大街上，突然看到一只被关在笼子里雪白的兔子，它用红宝石一样的眼睛天真无邪地看着你，你会情不自禁地停下脚步，仔细看一看它，摸一摸它。你很喜欢它，但也只是停下来看看它，却不一定会将它带回家。

就像 Z 君可以很轻易地喜欢上陌路相逢的少女，然后又能很轻易地放下。

路上行人很多，风景不少。我行走到这里，也许只是因为柳梢上一阵微风而停留。

## 西雅图梨花白

　　恨台上卿卿，或台下我我，不是我跟你。俗尘渺渺，天意茫茫，将你共我分开，断肠字点点，风雨声连连，似是故人来。

一

西雅图又下雨了。

孟凉棉趿拉着一双镶有大红色玫瑰的拖鞋走到窗口，将脸贴在玻璃窗上，看着三年前自己千里迢迢从涞源带过来的两株梨花树，被雨水毫不怜惜地倾轧敲打，心里有着说不出的快意。

雨打梨花深闭门，这本是极好的意境，可落入孟凉棉眼里，却是厌倦得有些烦。

她从卧室里翻出一件绣着大团大团如意云纹的藏蓝色丝绒旗袍套在身上，然后打开唱片机，顺便点燃一支细长的绿摩尔。

烟气袅袅飘起时，梅艳芳低沉的声音也缓缓而来。

她坐在窗边斜倚着窗棂，长长的卷发因为很久没有打理而缠绕成一团。

唱片机里，女声仍在低低地唱着，她吐出一个不算完满的烟圈。

"恨台上卿卿，或台下我我，不是我跟你。俗尘渺渺，天意茫茫，将你共我分开，断肠字点点，风雨声连连，似是故人来。何日再追，何地再醉，说今晚真美……"

听到这里，她忽然记起这是林夕给梅艳芳填词的《似是故人来》，是秦梵梨最喜欢的一首歌，也是当初秦梵梨教她跳华尔兹时用的那一首。忍住起身换掉唱片的冲动，她狠狠地吸了口烟，耐着性子让它继续放下去。

一曲终了，孟凉棉终于歇斯底里地掐断手中未燃尽的香烟，缓步上前将唱片机暂停，然后取出其中的光盘，用力扳碎。

仿佛她扳碎的不是光盘，而是那些过往年华。

# 二

秦梵梨第一次遇见孟凉棉，是她跟着母亲搬到小镇的第二天。穿着乔其纱公主裙的她正准备去商店里买面包，突然发现了像小狗一样蜷缩在桥洞里的孟凉棉。

聪明如秦梵梨知道，眼前这个少女待在桥洞里绝不会是捉迷藏那样简单，甚至她还细心地察觉到少女眼角有几块被长发遮住的瘀伤。她猜的没错，当时孟凉棉确实在不久之前刚被她那醉醺醺的酒鬼父亲给拳打脚踢了一顿。自母亲和一个来镇上唱戏的男人私奔之后，挨打已是家常便饭。起初她还会闪躲求饶，后来发现那只会让自己愈发遍体鳞伤，于是她学会了默默忍受。再后来，她发现了这个可以让她暂时得以安全喘息的桥洞。

"我叫秦梵梨，你可以叫我阿梨，注意哦，是梨子的梨，不是分离的离。"

孟凉棉看着眼前向自己友好微笑的少女，那如雪白皙的面容上，两个浅浅的好似盛了蜜一样的梨涡，让她差点儿失神。母亲笑的时候，面颊上也会出现两个浅浅的梨涡，而自己最喜欢伸出手指去戳那两个小酒窝。

不经意间，她发现自己竟然伸出了手指，点向面前这个叫阿梨的女孩子的脸，她下意识地想将手缩回，可阿梨却配合地将自己的脸往她手指上一凑："喏，我的酒窝给你戳一下，然后告诉我你的名字吧。"

愣愣地看着这个美丽却奇怪的少女，却不可避免地被她温暖如阳光般的笑容吸引，然后像被蛊惑一样，她乖乖地说出了自己的名字："孟凉棉。"

# 三

孟凉棉从来没有见过，在现实生活中能够将旗袍穿得如此美丽清冷的女人，见到秦梵梨的妈妈，她总算知道秦梵梨的美丽从何而来。只是她们虽为母女，气质却截然不同。

受秦梵梨相邀，孟凉棉去过她家很多次，自然也常常见到秦梵梨的妈妈，可从未见她笑过，她脸上总是带着淡淡的忧愁。每次见着她，总是穿着旗袍，将长发高高盘起，不是在弹钢琴就是踩着一双红色的细高跟鞋旋转，跳着孟凉棉从未见过的舞蹈。

后来，秦梵梨告诉孟凉棉，那种舞蹈叫华尔兹，是要两个人一起跳的。

孟凉棉喜欢上了这种两人相拥的舞蹈，于是央求秦梵梨教她。

这时，孟凉棉和秦梵梨已经成了亲密无间的好友，这段时光也是孟凉棉一生中最快乐的时候。虽然父亲还会醉酒打她，可她不再躲到桥洞里，而是会大步跑向秦梵梨家。秦梵梨会在孟凉棉跑进来时迅速将门锁上，然后熟练地拿出医药箱。

每每上药时，看着孟凉棉脸上身上新添的伤口，秦梵梨总是先低声问她疼不疼，然后忍不住流泪，仿佛那些伤都打在自己的身上。孟凉棉满不在乎地摇头，表示根本不疼，就算再疼她也已经习惯了。

秦梵梨便张开自己不算大却坚定的怀抱，认真地说："凉棉，以后我就是你的姐姐。你疼就告诉我，我陪你一起疼。"

这话太过美好，孟凉棉情不自禁地仰起头来问："你做了我姐姐，那你会永远和我在一起吗？"

回答她的，是一个温暖的好似带着向日葵芳香的拥抱。

## 四

在孟凉棉深陷泥沼，以为此生都要这样度过的时候，秦梵梨将她拉上了岸，是她告诉孟凉棉，生活不应该这样度过。她教孟凉棉读书，教她画画，教她唱歌，教她舞蹈，甚至在一个下着雨的礼拜天，带孟凉棉乘坐镇上通往市里的一辆公交车去了教堂。

秦梵梨告诉孟凉棉，苦难的人们都需要一个信仰，也许这信仰并不能保佑每一个人，可它会在你苦难的时候支撑着你并给你力量，让你不至于绝望。

孟凉棉知道秦梵梨同她母亲一样信耶稣，她脖子上长年累月挂着一个银制的十字架。可孟凉棉并不相信宗教，当人们虔诚地祷告时，她也默默地闭上了眼，可她默念的不是上帝，而是身旁认真做祷告的秦梵梨。

她不信上帝，她只信那个将她从桥洞中拉出来并让她戳自己梨涡的姑娘。自然她也不会知道，秦梵梨在祷告时祈求的，也是让上帝守护她。

两个明明都不信基督的人，却同时希望上帝能够保佑对方。

# 五

孟凉棉十四岁那年，父亲在外出买酒途中被一辆急速行驶的小轿车撞伤，当场死亡。讽刺的是，开车的人当时也喝醉了酒，没看清人影和方向。

孟凉棉以为自己不会为他掉一滴眼泪，他死得其所不是吗？可是在太平间看到白布蒙在那具冰冷的身体上时，她像众多失去父亲的女儿一样，泣不成声。

他打她，可他也记得将收破烂换来的钱余一部分给她买饭吃，虽然她比同班学生大两三岁，可他毕竟也让她上了学。更何况，如果不是他的缘故，她也不会遇到秦梵梨。

办理完父亲的丧事，肇事者赔偿的钱还剩下好多，孟凉棉原计划用这些钱读完中学，可还没等她做好详尽的计划，一个自称是她姑妈的女人，以她未满十八岁为由做了她的监护人，接管了那笔数目可观的款项。

姑妈穿着一身大红色连衣裙，戴着一顶帽檐上的黑纱将她眼睛遮住一半的帽子。她猩红的嘴唇微张，朝孟凉棉吐出一个个长长的烟圈："你妈妈毁了孟子光。"

孟子光就是她那死去的酒鬼父亲。

"按道理我应该任由你自生自灭，不过看在我那可怜的哥哥的份上，我打算收养你。"女人说话时又吸了口烟，不过这次没有吐在孟凉棉的脸上，而是转向了别处。

"也许你是为了我爸爸的遗产。"孟凉棉费力地注视着她那双笼罩在黑纱网中的眼睛，鼓起勇气说。

女人像是听到了一个笑话："你觉得我是为那几万块钱才来找你？我孟子月全身上下的行头也不止几万块！真是笑死我

了。"话虽如此，孟子月还是认真地重新打量了一下眼前这个跟自己如此直白说话的少女，似乎在考虑收养这么一个侄女到底是不是赔本生意。短暂的目光交接后，孟子月终于确定这是一个不错的主意。

# 六

孟子月受不了小镇与现代都市脱轨的落后气息，想带孟凉棉去上海。可去了上海就意味着要和秦梵梨分开，孟凉棉自然不愿意。

然而抗议无效，她只得去跟秦梵梨道别。

分别时她难过得不能自已，反倒是秦梵梨笑眯眯地安慰她，并将自己脖子上的十字架取下挂到她的身上。

"你和我年轻时一样矫情。又不是再也见不到了，干吗搞得生离死别一样。"孟子月瞧着泪痕犹在脸上的孟凉棉，忍不住开口嗤笑，"不过矫情有时倒也不是一件坏事，最起码表示你有腔调，而这腔调，是一个昆曲演员的必备条件之一。"

孟子月打算把她培养成一个昆曲演员："你不用去上学，我也省了办理好多烦人的手续。放心，我会帮你请专门的老师，毕竟你得识字。"

孟子月果真把她当作自己的接班人来培养，除了请私人家教给她补习初中课程，还请了专门的形体老师和声乐老师，甚至每天还亲自教她念词。

孟子月并没有说谎，她确实很有钱。初来的前两周里，孟凉棉经常找不到自己的卧室，分不清哪个是卫生间哪个是洗漱间。孟子月帮她置办了许多漂亮的衣裙首饰，她对一件宝蓝色，领口、袖口上绣着大团芙蓉花的旗袍情有独钟。

当孟凉棉换上旗袍后，孟子月情不自禁地吸了口气，眼前这个长发及腰的少女，让她惊为天人，这让她更加坚信自己的眼光。不过在关上房门时，她注视着孟凉棉那双似染了水色一般温柔垂下的桃花眼，低声嘱咐道："我得事先和你说好，教你唱腔的陆士然，是我的男人。"

# 七

孟子月说的没错，孟凉棉好像是天生就该吃这碗饭的，在学昆曲上展现出了极大的天赋，几位老师都对她赞不绝口，这其中自然也包括陆士然。

每次给她上课，陆士然并不像其他老师一样只待在房间里，而是带她到一个叫泬源的旧园子里。那里长着许多梨花树，微风吹过，花瓣便如雪若蝶般蹁跹而下。

陆士然一身白衣黑裤，站在花树小道中越发显得清俊挺拔。

不过孟凉棉牢记着姑姑的话，对陆士然绝不做非分之想。她努力地学唱昆曲，偶尔看着满园胜雪的梨花，便会想起远在小镇的秦梵梨。

孟凉棉第一次登台，是她来上海的第三年，演唱的是众人皆知的《牡丹亭》，她扮演的杜丽娘一出场便艳惊四座，令这场戏大获成功。

在后台，孟凉棉收到了许多花束和礼物，说不激动自是骗人，可现在有件让她激动得快要发狂的事。刚刚在台上，她看到台下观众席里出现了秦梵梨的身影，虽然隔得有点儿远，可她肯定自己的确看到了秦梵梨向她挥手。卸完妆换好衣服，孟凉棉便迫不及待地要去找她。

果然，身穿白色连衣裙的秦梵梨正笑眯眯地等在那里。

有不少人注意到了这对紧紧相拥的美丽少女。孟凉棉顾不了旁人的窃窃私语，此刻她欢喜异常，她没想到秦梵梨真的会来上海看她。

# 八

"凉棉，你是我见过第二个将旗袍穿得如此清冷好看的人，第一个是我妈妈。"孟凉棉知道秦梵梨说的是实话，可还是忍不住害羞。

秦梵梨还说这次来上海是要在这儿读高中，所以至少要待上三年。这对孟凉棉来说无疑又是一个天大的好消息，如有可能，她巴不得日日年年永远同秦梵梨腻在一起。

她也以为，她们会像当初在教堂里所许下的愿望一样，两相守护。

可上帝似乎在她许愿时打了个盹儿。

当孟子月气急败坏地来找孟凉棉算账时，她才知道，原来之前秦梵梨说学校安排去云南写真是在骗她，而实际上是她和陆士然私奔了。

孟子月先是骂她，骂她是个白眼狼，自己好心照顾她这么多年，把她从乡下带到上海，可她竟然让人拐走了自己的男人。骂够了就哭着求她，请她联系秦梵梨把陆士然还给自己。

孟子月不知，孟凉棉此时比她还要难过，她从未想过，自己一直避讳的男人，竟然和自己最好的姐妹在一起了。

她知道陆士然是个有魅力的男人，可没想过这魅力竟然能让梵梨为了他而抛下学业和自己。

看着孟子月因失去陆士然整日喝得烂醉，就好像当初的父亲一样，孟凉棉在心里暗暗发誓永远不会原谅秦梵梨。

可还没等到她发狠，上帝似乎就已经做了安排。

一辆从大理飞往西雅图的飞机中途突然失事，坠毁在大西洋。新闻公布的遇难者名单里，也有陆士然和秦梵梨。

仿佛一本书刚看了开头突然被人匆匆合上，一切都才刚刚开始，却又匆匆地被宣告结束了。

# 九

孟凉棉一度是上海最年轻、最炙手可热的昆曲明星，可那年她突然销声匿迹，谁也没有再见过她。

有人说她退出舞台是为了嫁人生子，有人说她因为生了一场大病坏了嗓子，也有人说她被国外音乐机构重金聘请到了西雅图……

这些传言不全对也不全错，不过那又有什么要紧。

没有人懂她知她，诸般猜测都不要紧。

此生，她便是这样过了。

## 遇见你时，岁月曾静好

　　月光照在青石砌成的路上，女子的面庞清冷而悠远。是等一个人，还是等一段故事？往事穿过森林，掠过花海，最终抵达记忆彼岸。我不在乎岁月变迁，不在乎容颜褪逝，我只在乎面对你的时候，你眼中是我。司马相如终是负了卓文君啊，可我却笃定，你是我唯一所钟，只希冀，愿得一人心，白首不分离。

"愿得一人心，白首不相离。"

打开请柬，映入眼帘的，便是卓文君写给司马相如的一句诗，被人用隽秀而不失刚毅的字体写于大红色的婚柬上。她伸出食指，仔细触摸着每一字，似要将其刻录在脑海里。最后，目光流转于那张合影上。照片中的女子容颜娇俏，一脸幸福地倚在身旁男子的肩膀上，男子温润如玉，安然俊雅，微笑依然。

终是忍不住，她低下头，轻轻吻上照片中的男子。

那个从年少时就爱恋的男子，终于成为别人的丈夫。十余年的暗恋，隔着年少时的悲欢喜忧，承载着她对未来所有的期冀，如今终于都结束了。

陆子安。

含在唇齿间念了上万遍的名字，最终只能默默地做着唇形。

努力瞪着眼，却始终不曾流出泪来。

也是，人家的大好日子，自己哭哭啼啼又算什么，总不至于要顶着一双红红的兔子眼飞去欧洲参加公司的洽谈会吧。

"刚刚风无意吹起，花瓣随着风落地，我看见多么美的一场樱花雨……"手机显示的是苏晴，她愣愣地看了几秒，方才接起。

"喂，是梓华吗？我是小晴啊，你该不会连我的声音都听不出来了吧？"

"怎么会呢，准新娘的声音我可不会听错的。"努力让自己的声音听起来自然些，"怎么，这么快就迫不及待地在我们这些大龄剩女面前显摆幸福了是不？小心我做小三挖你墙脚来泄恨！"

手机里立马传来属于江南女子的吴侬软语："不要啦，人家修炼百年才等到一个好老公，梓华你可不要横刀夺爱哦。我会哭死的！"

听着"横刀夺爱"四个字，程梓华忽然很想笑。她倒是想这样，但可以吗？

"好啦，不逗你了，我收到请柬了，可我明天要到欧洲出差一星期，洽谈一个合资项目。你也知道，这个项目我争取了好久，如今好不容易有了机会，所以……希望新娘子能够体谅我们这些嫁不出去只能嫁给工作的老姑娘。"

"梓华，你真是个拼命三娘，大家说的一点儿都没错！不过，体谅归体谅，人不来，礼物我一定要！你在高中时就答应我们三个，等大家结婚时，你要给我们每个人设计一条旗袍的！"

"好啊，敢情你是惦记着我的旗袍而不是我啊，好伤心。"

"死样，是你自己忙工作没空参加我的婚礼，我大人不记小人过也就算了，你竟然得了便宜还卖乖，讨打！"

"小晴，你要打谁呢？"电话那头忽然传来了男子温厚的嗓音，随即是女子娇软的回答："我要打梓华呢，谁让她不来参加我的婚礼。对了，安，你还记得梓华吧，我们明晔当年的镇校之宝哦，后来的省状元啊！"

程梓华将手机紧紧贴在耳边，并神使鬼差地按下了录音键。

"这么优秀的女孩子，我怎么可能忘记呢。梓华，你不来参加我和小晴的婚礼，好失望！"

很显然，苏晴将手机给了自己的未来丈夫："安，你先和梓华说着，我去厨房看看。我好像闻到焦味了。"

或许知道手机的那一头是他，心竟然不可抑制地狂跳："唉，我也想去你们的婚礼呢，本来还计划着到时艳压群芳，盖过新娘，看看能不能把你这个高中时代的天才帅哥给拐跑呢，奈何老天不给我机会啊！"

她故意将话题转得轻松明快："如果我后天能去，不知道新郎愿不愿意跟我走呢？"

电话那头沉默了许久，程梓华以为手机快挂断的时候，那边突然传来男子温柔的嗓音："愿意的。"然后便是嘟嘟声。

似一个百转千回，她疑心自己思慕过度出现了错觉，可手机里的录音文件明明白白地存在，一时间，她感觉自己处于游离状态。

不知过了多久，手机铃声再次响起，才让她回过神来。可这次的号码没有备注姓名，显示的地区倒是离她不远："喂，您好，请问是？"

手机那头却没再说话，很静很静，她以为这是一个骚扰电话正准备挂掉，突然一个激灵，若是，若是……这电话便舍不得挂了，哪怕听到他的呼吸也是好的。

"嘟……"她苦笑着将手机从耳边移下，看着屏幕上显示的通话结束的字眼。这一次，她真的只能认为是自己的错觉了。

平日里周围的人都笑她铁石心肠，抑或是眼光太高，所以至今都没有一个好的归宿。其实，她有喜欢的人，从初一到高三，从大一到大四，再到现在。只是那人不喜欢她而已。

最早喜欢上陆子安的时候，她十三岁，正值年少。今年，她二十八岁，已是人们口中的老姑娘。

不是没想过去表白，告诉那人自己的心意。可上天好像一直在跟她开玩笑，每当她好不容易鼓起勇气，他身边总是碰巧有了好姑娘。从初中到高中，她预谋了五次告白，四次胎死腹中。还有一次，写了信，却无回音。

虽然人前自信满满，可她自己知道，大家以为足够优秀的程梓华其实是个懦弱胆小的小女生。

少年时代的她并不贪心，不一定非要和喜欢的人在一起。甚至，只要相见时会心一笑也很满足。倘若，能说上一两句话则更好。

每当想到这些，程梓华便更加铆足了劲儿，努力学习。她没有任何特长，长得只能算中人之姿，家境也很普通，唯一擅长的就是读书和画设计图。

还好，她不笨，并且一直很刻苦，所以成绩不错，通常都是第一名。偶尔她考第二第三时，考第一的一定是陆子安。

每当学校有大考，便是她最开心的时候，因为每次考试结束，学校都会开表彰大会，重点表扬年级前五名。整个中学时代，她和陆子安都是受表扬的不二人选。这种时候，陆子安总会朝她淡淡一笑。虽然只是一笑，但足以让她感觉温暖。如果是她考了第一名，陆子安还会在领奖时朝她眨眼："又是你考了第一，好厉害。"

这时的程梓华总会觉得，考第一真是件幸福的事。不过，她的幸福也仅限于此。

考上市重点高中的那个暑假，她用做了一个月家教赚的钱报了一个绘画班。

陆子安喜欢穿白色的衣服，尤其是衬衫。她想在本子上画他的时候，就用白衬衫来代替。没有刺绣，没有其他浮夸张扬的颜色，就是简单的、干净的白衬衫。

有次在书中看到一幅图，作者风格和她有些像，也是想画给自己喜欢的人，不过用旗袍代替。

看那幅图时程梓华就想，能被旗袍这样挑剔美丽的事物所替代，那一定是个很美丽的女孩。旗袍的样式很简单，琉璃白色的衣身，中袖和高领盘扣搭配得中规中矩，袖口盘旋着的浅蓝色云形回纹如点睛之笔，彰显出所有的美丽。

　　程梓华很羡慕那个女孩，在那一刻她突然想到，如果在白衬衫旁边配上一件旗袍，也许会很美。

　　自此，她迷上了画旗袍。

　　闲暇时，她跑遍了所有成衣老店，研究各式旗袍，而后加上自己的想法，着于笔端。

　　她还记得，陆子安无意中看到她的画稿时那惊喜的模样，让她开心了好久。

　　放下手机，打开衣橱，从里面拿出一个方形的盒子。

　　打开盒子，里面是一件藕荷色的锦缎旗袍，每一朵精致的云纹盘绣上都有一个小小的"安"字，针脚细密，除了设计者，旁人无从看清。

　　明天早上，她就要将这件旗袍寄给苏晴了。这曾是她满怀期待为自己设计的嫁衣，如今却要送给最好的闺密。

　　其实，这样也很好。

　　白衬衫终于有旗袍配着，男子温润如玉，女子娇俏可人。

　　因为喜欢你，我努力让自己变得更优秀。即使最终没有在一起，我也衷心地祝福你。天涯海角，各自在年华岁月里静静安好。

## 骤雨方歇江南遇

　　我打江南走过，那等在季节里的容颜如莲花的开落。东风不来，三月的柳絮不飞。你的心如小小的寂寞的城，恰若青石的街道向晚。跫音不响，三月的春帷不揭，你的心是小小的窗扉紧掩。我哒哒的马蹄是美丽的错误，我不是归人，是个过客……

——郑愁予《错误》

# 一

顾清晚去南长街那边接好友那天，江南正下着绵绵细细的小雨，落在各色匆匆行人的伞上，落在古朴苍翠的青石板上，滴答滴答，滴答滴答。

她捂嘴对着闺密说："这雨声像不像小明子在敲木鱼？"

闺密错愕地看着她，一脸茫然。顾清晚的思维，向来跳跃得极快，常人难以跟上。

看到闺密眸子里闪过不解的光，顾清晚竟突然来了兴致，向她解释起来："你记不记得汪曾祺有篇小说叫《受戒》，里面有个小和尚明海，就是小英子长大了要给他当老婆的那个小和尚，我猜他在荸荠庵里敲木鱼时应该就是这个声音。"

闺密也是喜欢看书之人，经顾清晚这么一说，顿时笑逐颜开，一双弯弯的柳叶眉挑起："我听着这雨声不似小明子的木鱼声，倒似他在乌篷船上遇见小英子的时候'怦怦'的心跳声。"

这漫天的细雨自然没有法子评判她俩谁对谁错，只能自顾自地落下，诗意、失意、湿意，由人自知自扰。

两人走到南长街的古运河道口，正准备坐景区游览船时，一个衣衫褴褛的男童拦住了她俩的去路，一双水汪清亮的眸子定定地看着她俩，闪着期待的光芒。

两人在口袋里摸了半天，却没找到一枚硬币。顾清晚不忍男童失望，踩着轻快麻利的步子从一旁的奶茶店捧回一杯最喜爱的紫米奶茶，放到男童冰凉的小手里。

"人家小孩子估计被你吓着了，他本意也许只是想要点零钱，你却给他买了杯奶茶。"

听了闺密的话，顾清晚扬起薄薄的唇角浅浅一笑，她只是想给这个小男孩一杯暖暖的慰藉啊。细雨中的脚步越走越远，少女捧茶的温暖却留在了某人心头。他以旁观的眼睛，沐浴了一场浅浅的温暖。

# 二

在南长街尽头的青石板桥拐弯处，有一家馄饨店，招牌上用楷书方方正正地写着"如茵馄饨"四字。因年代久远，历经风吹雨打的缘故，上面的红漆都掉了色。

店里客人很多。老板是位面带微笑的慈祥老人，银灰色的头发配着藏青色的唐装，看起来神采奕奕。

"清晚来了啊。"

顾清晚恭恭敬敬地向老人打招呼："顾爷爷好，我要两碗荠菜鲜肉馄饨，两碗都是汤馄饨。"

老人去厨房后，顾清晚长长地吁了口气："我刚刚看了店里墙上的钟，还有一个小时就三点了。顾爷爷家一般三点就要关门了。"

"这么早？"在闺密印象中，一般的面食店不会这么早打烊。

"因为顾爷爷要去唱昆曲啊。"

馄饨端上桌的时候，的确让闺密小小地惊艳了一把。是的，为馄饨惊艳，为主人有这般精巧的心思而惊讶。

她从未见过如此美丽的馄饨，宛若一朵朵小小的玫瑰，漂浮在奶白色的渡边骨瓷碗里，配上星星点点的葱花香菜，美得如同一幅画，让人不忍张口。用小印花勺舀了汤入口，味道也是出奇地鲜美，汤汁缠绕在唇齿之间，香味久久不散。

出了馄饨店，顾清晚告诉闺密，顾爷爷去世的夫人闺名就叫如茵，特别喜欢听昆曲。

时间虽然残忍，可对于长情的人来说，它只会让感情像陈年酒酿，愈久弥香。


# 三


细雨绵密朦胧中，闺密踩着小步，看着四周，听着顾清晚与她细细数说。这条古街上磕得人脚疼的青石板路，挂着大红灯笼的仿古式火锅府邸，外面色调清冷、内屋小灯暖盈的香港甜品铺子，紧闭的棕色木门里依稀传出咿咿呀呀唱词的昆曲会馆，以及许多旗袍老店……

两人在一家旗袍铺子前驻足，那件琉璃白色的旗袍吸引了顾清晚。琉璃色的盘枝刺绣兰花蔓延于领口袖侧，顾清晚想象着自己穿上它的模样。闺密则对一旁绣有五瓣梅花的红色鸡心领旗袍情有独钟。约莫是两人在外停留的时间太长，以至于连店主都注意到了她们，便笑意妍妍地请她俩入内。

店主是一位老年妇人，穿着墨绿色丝绒旗袍，外面罩了件黑色貂皮绒披肩，半头白发被一根桃木簪子高高地挽在耳后。顾清晚不由得在心底感慨，所谓风华气质，大抵如是。

两人不好意思地接过老人新泡的两杯热茶，在"喜欢可以先试试，不买也没关系"的柔声安抚中，走向自己心仪的旗袍。

换装完毕，老人还帮两人各自盘了一个简单的发髻。再看镜中的自己，顾清晚有种竟是画中人的恍惚感。

老人笑着看向她俩："真是花一样的年华，美得让人生叹。"

# 四

顾清晚两人撑着伞离去不久，旗袍店里进来一位身穿白蓝色条纹的少年，拎着一碗打包馄饨，一同进来的，还有一个衣衫褴褛的男童。

"子千，你们来了啊。"看到男童害羞地往少年身后躲，老人笑眯眯地弯着腰向他打招呼："小家伙，你好啊。"

而后她回身去内堂拿出一件藏青色的小棉袍："上次子千和我说了个大概，我也不知道做得合不合身。"

男童换了棉袍出来，发现竟格外合身，少年便酒窝深深道："谢谢苏婆婆。"

"谢什么呢，在婆婆心里啊，你们都是我的孩子。"

"婆婆，这是顾爷爷给你留的馄饨。"少年突然想起来手中还有东西，恭敬地将馄饨放在柜台上。一旁的男童捧着一杯好似已经凉透的奶茶，依然有点怯怯地躲在少年身后。

老人倒了热茶正端给他们，不料一直躲在少年身后的男童却指着沙发上一个粉色的小包，小声念叨："那是姐姐的包。"

那是早晨给他买奶茶的姐姐身上背着的包。

"哎呀，肯定是刚才那两个女孩子不小心丢下的。"

门瞬间被打开，少年撑伞追了出去。

雨方初歇，人未走远。

# 有青山入眸

　　伞下男子的面容渐渐清晰，当真是眉目清朗若似静川明波，身姿俊雅恰如芝兰玉树。

　　君似青山入我眸，君不知，我心思之。

一

魏晓冉去拍写真的那一天，天空下着密密的细雨。

因着一场细雨，万物似乎都被润泽得苍翠欲滴。

走在平江街铺满青石板的小路上，想着即将要告别大学生活，离开这座江南小城，魏晓冉心中万分不舍。这份写真也算是她在大学毕业前夕，送给自己的一份礼物吧。几天后，她就要离开这里了，若是不留下点纪念，将来记忆消散，这里，似乎也就没什么意义了。

因为下雨，路上行人不多，隔着小河望向对岸一家家旗袍馆，魏晓冉觉得十分惬意。自古提起江南，小桥流水、杏花烟雨，连带着油纸伞，都成了绕不开的诗意象征。

走进小巷，两边斑驳发白的墙壁，带着一种难以言说的质朴，让人不由得想起戴望舒的《雨巷》。只是，魏晓冉没有逢着撑油纸伞、似丁香一般婉转玲珑，在雨巷中结着忧愁的姑娘，却邂逅了一抹带着玉兰清香的青绿色身影。

君似青山入我眸，君不知，我心思之。

二

巷子旁的矮桥边，一位头缠丝巾的老婆婆挎着手工编织的竹篮，向来往的行人兜售篮子里的东西。魏晓冉走近时，看清了篮子里是各式各样用新鲜玉兰花蕾做成的饰品，有玉兰胸针、玉兰手链、玉兰耳环，还有玉兰发簪，虽比不上专卖店里的饰品那般名贵精致，却也透着别样的清新幽雅。新鲜的玉兰带着淡淡的清香，沁人心脾，混合着雨丝，也驱散了些许炎意。

似魏晓冉这般不急着赶路，带着雅意缓慢行走的人不多。好一会儿过去了，也没有人在那位婆婆面前驻足停留。魏晓冉好一阵挑选，手串、发簪，每一件都让她心生欢喜。那坠着白玉兰的耳环随风轻轻晃动，直让没有耳洞的她都想要买下来。

"婆婆，你好，我想要这个手串。"一道温润的男声响起。

抬眸处，撑着桐布油纸伞、身穿青绿色衬衫的男子身影撞入眼帘。

似是察觉到有人在注视自己，男子微微转身。

那一瞬间，魏晓冉的脑海中闪过无数词句。

言念君子，温其如玉。在其板屋，乱我心曲。

瞻彼淇奥，绿竹猗猗。有匪君子，如切如磋，如琢如磨。

清秋上国路，白皙少年人……

伞下男子的面容渐渐清晰，当真是眉目清朗若似静川明波，身姿俊雅恰如芝兰玉树。

# 三

魏晓冉疑心自己有些痴了，当她发觉时，已不自觉地跟在男子身后。

幸好地图上显示的路线，与这男子的行程很是相近，让她的心思不至于暴露得那么明显。

男子停在路边不远处的转弯口，那边稀疏地支着几个摊子。

魏晓冉也跟过去，见男子站在一个馄饨摊子前。

卖馄饨的是一对爷孙俩。爷爷手艺熟练地包着馄饨，小孙子则趴在塑料桌上画着画。一旁卖桂花糖藕的少女还送了一碗糖藕汁过来。稚龄幼童喝过藕汁后未擦干净的嘴角边，带着纯净无忧的笑容。

馄饨入口，着实不是一般的地道。魏晓冉顿时明白了，男子为何不去那些装饰古雅、颇有名气的店内用餐，而偏偏选中这貌不惊人还要"露宿在外"、不知名的小摊子。

男子起身时，付钱之余，把之前在巷口婆婆那里买的玉兰手串留给正伏案画画的小男孩。男孩开心地把玩着手串，嘴里还甜甜地嘟囔着："谢谢哥哥。"

# 四

走进那家隐于市中的写真馆时，外面的雨也停了。

陪同在魏晓冉身旁的服装师，拿着平板电脑一张张地滑动图片，让她挑选喜欢的造型和服饰。平板电脑上展现的可供选择的服装款式各式各样，甚至还有近期几部热播影视剧的同款服装，服装师介绍说，这些都是这家摄影公司特意买了版权，百分百原貌定制而成的。

魏晓冉偏好素雅，选的也尽是些浅蓝素白之类的寡淡服饰。服装师劝说好几次，都被魏晓冉以淡淡的微笑固执地拒绝，服装师见此，便也只能作罢。

魏晓冉拍的第一套，正是她最喜欢的"临清竹"。换上浅绿色襦裙与披帛后，她坐在化妆间，安静地等待化妆师上妆。

不多时，化妆室的帘子被掀开，进来两个人。高度近视的魏晓冉因化妆拿掉了眼镜，根本无法看清进来的是谁，不过听其中一人与化妆师的交流，他们是来带方才化好妆的那位客人去摄影棚拍摄的。

那几人离开后，化妆师便兴致勃勃地向魏晓冉介绍起来，语气难掩骄傲，说方才进来的那位穿青绿色衬衫的男子，是这家写真馆的招牌摄影师，不但技艺高超，姿容亦是绝色。接着，化妆师连连慨叹魏晓冉真是幸运，今天分到的摄影师便是他。

魏晓冉静静地听着，抿唇浅笑，心里却在想，不知那撑着油纸伞的男子，此刻去了哪里。

## 五

化妆师为魏晓冉做的发型，是唐朝流行的双刀髻。用假发髻混着真发编织，一起拢于头顶，接着反绾成双刀欲展之势，再配上两根碧绿色的发簪，倒也别有一番出尘风雅。

虽然魏晓冉看不清楚，但对着镜子模糊地看到大概的样子，自然也知道自己的造型是美的。

做好造型后等了十来分钟，灯光师便过来接她去拍照。

去往摄影棚途中，灯光师与魏晓冉聊天，说的竟然也跟化妆师一样，皆是赞叹今天的摄影师如何如何。

魏晓冉心下叹息，纵使翩翩君子在眼前，她也只能因视力问题模糊相对了。

一直等到化妆师做完"不入梨园"的昆曲黛玉造型后，魏晓冉终于戴上服装师借给她的隐形眼镜，眼底才开始清晰起来。

从上午十点进店，拍到现在，足足拍了九个小时。"不入梨园"这套拍完后，大家就能休息吃饭了。

魏晓冉整个人都是轻松愉悦的，等待摄影师拍摄时，她还颇有心情地随性发挥了一段水袖舞，想象着黛玉葬花时应是何种神情与姿态。不料舞得太过忘我，竟然不曾察觉有人进来。

"你自己跳舞做动作，我来抓拍。刚刚你跳得很好看。我觉得，抓拍效果会比摆拍更好。"

似曾熟悉的声音在耳边响起时，借助隐形眼镜看清楚摄影师的模样后，魏晓冉再也无法平静淡定了。

原来是他！

吃馄饨时放在桌子上的相机包，还有青绿色的衬衫，均是熟悉的模样。

摄影师宣布拍摄结束时，魏晓冉终于如释重负地吐了口气。不料，她刚准备转身离开摄影棚，袖子却被人扯住了。

"慢走，我们拍一张合照吧。"依然是熟悉的声音。

魏晓冉的情绪默默地在诧异和惊喜之间来回转换之时，摄影师转身对一旁的灯光师说："去把化妆师和服装师都叫过来吧，我们一起拍张合影。"

四个似陌生似熟悉的人一起对着镜头，魏晓冉弯起唇角，露出浅浅笑意。站在她右侧的男子突然伸手揽住她的肩，温声说道："再甩一次水袖吧，真的很好看。"

短暂对视之间，魏晓冉在心底默默地说，你也很好看。

就像画中仙，好看，却也只是于萍水相逢时，令人情不自禁地或近或远看上一眼……

# 六

走出那家店，再看到漫天的雨帘时，魏晓冉感觉整个人似乎轻盈了许多。

那些萦绕在心头关于离别的愁绪，似乎都变浅淡了，就连刚刚拥过肩膀的那个姿容出众的身影，似乎也变得浅淡模糊了。

靠近石板路的那条小河上，一只乌篷涉水而来，船上的老伯轻哼着不知名的小调。

因着一场雨，万物似乎都被润泽得苍翠欲滴……

## 往事蔚曦

　　其实你不知道，于我而言，能够遇见你，便是我这一生中的幸事。

"不要再跟着我了，下雨了，你快回去吧。"林蔚曦无奈地看着那个一直跟着自己的男孩子，可是他好像根本没有听到她的话，还是固执地跟在她身后。

林蔚曦无奈地叹了口气，接过男孩递给她的雨伞："伞给了我，你怎么办？"

那男孩见她终于接过了雨伞，开心地挠了挠头，刚要咧开嘴笑却又想到了什么，急忙捂住嘴巴迅速地跑开。他怕自己恐怖的尊容——那张快要撕裂到耳根的"血盆大口"吓到她。

是的，他是个畸形儿。

因为出生时脸部畸形，仅几个月大便被亲生父母抛弃，一个拾荒老婆婆在一堆废弃的易拉罐中捡到了他。后来阿婆说，她自己当时也被这个婴儿吓了一跳，因为她从没见过一个人的嘴有那么大，竟然快齐到了耳根。

躺在一堆易拉罐中，婴儿不哭也不闹。像是知道自己被家人丢弃，哭闹也无济于事，他就静静地躺在那里，转动着一双水灵灵的大眼睛，无辜地看着来来往往的路人。在那一刻，秦阿婆的心像是被什么触动一般，鬼使神差地扔掉了手中的汽水瓶，抱起了那个躺在垃圾堆中的小孩。

秦阿婆也是一个人生活，平日里靠着街坊邻居的好心救济，以及捡废品卖些钱来维持生活。添了一个婴儿，生活倒也没有太拮据，至少每天还能吃上饭，不至于饥一顿饱一顿。婴儿很乖，平日里从不哭闹，也不用喂奶粉，阿婆用筷子蘸着粥汤喂他，他也能喝得很开心。

因为是在一堆酒瓶中发现的他，阿婆就给他取名叫秦小瓶。出去捡垃圾的时候，秦阿婆就用一堆破布结成的简易摇篮兜着他，背在自己身上。久而久之，秦小瓶到三四岁时，竟能迈着小细腿无师自通地跟在秦阿婆后面捡酒瓶子了。

他们住在一个叫桂榆的偏僻小镇上。镇上的人们虽然对秦阿婆很是同情，会时不时地救济她一下，可却无法友好地对待小瓶。虽然有些人表面上也会说"小瓶子真懂事，都能帮阿婆捡瓶子卖钱了呢"之类的话，可回到家却像预防病毒一样告诫自己家的小孩，不要和秦阿婆家那个丑八怪玩耍。有的小孩会好奇地问为什么，大人总是恶狠狠地吓唬他们："和他玩，那你的嘴巴也会像他那样烂掉！"

历来，小孩子对大人的话总会深信不疑，他们很怕自己的嘴巴烂掉，所以镇上没有任何小孩敢和小瓶玩。当然，不和他玩，不代表不会捉弄他，欺负他。

都说孩子是天使，可是你见过用小石子或玻璃渣子砸人的小天使吗？你见过成群结队地往另一个孩子身上吐口水、泼烂泥的小天使吗？你见过表面上好心给你喝饮料，实际上却在饮料瓶里灌了自己尿液的小天使吗？

从四岁到八岁，秦小瓶一直生活在这种境况里，却默默地忍受并不反抗，因为他知道自己反抗也没用，更何况，与被欺负相比，他更害怕被人彻底地漠视。他原以为这种情况会伴随他一生直至死去，可八岁那年，林蔚曦的出现却让他看到了生命中的第二道曙光。

林蔚曦不是本地人，那年暑假，她跟自己的母亲——一个穿着浅蓝色方格纹旗袍的女人，来到这个小镇上。

她们的到来在小镇上激起了不小的水花。镇上的人们从来没有见过像林芙衣这样美丽的女人。

她有无数件美丽的衣服，不是旗袍便是做工别致的连衣裙。她有一头乌黑亮丽的长长卷发，上面不是扎着鲜艳精致的缎带就是带着镶了水晶或其他宝石的发箍。她有时化妆，有时不化妆，可即便不化妆也是美艳不可方物。小镇上的女人看到她都羡慕不已，男人们见了她通常都会忘乎所以。

而孩子们则更关注像小仙女一样的林蔚曦。她不光长得漂亮，还会弹钢琴、跳芭蕾舞、写毛笔字、画国画。她就像童话书上描绘的小公主，气质高贵，举止优雅。

镇上所有的小孩都盼望着能和林蔚曦一起玩耍，甚至因为林蔚曦，常年招生不满的桂榆小学在那个暑假过后，前来报名的学生超出了预计总数的三分之一。常年不苟言笑的老校长看到林蔚曦时，竟然破天荒地露出了八颗牙齿的笑容。

和镇上其他小孩子一样，秦小瓶也喜欢这个美丽优雅的小姑娘。只是因为自己天生脸部丑陋，内心长期的自卑让他不敢靠近林蔚曦。他今年八岁，已到了上学的年龄，他也很想和其他小孩一样上学，但也明白家中经济拮据，根本容不得他做这个读书梦。他至多是每次在小学里捡瓶子时偷偷地伏在教室边听上几句，然后暗暗地记在心里。

他和林蔚曦真正开始有交集是因为一瓶牛奶。

像往常一样，他每天早晨起来都会去小镇各处捡瓶子，看到每家每户的垃圾也顺带帮着清理一番。走到林蔚曦妈妈开的那家服装店时，他下意识地朝里面看了下，恰好这时林蔚曦从屋子里走出来，也看见了他。

"嗨，你早啊！"林蔚曦朝他挥了挥手。

身体的第一反应告诉他应该立刻逃走，可却有种莫名的情绪控制着自己，他拎着那些沉重的玻璃瓶子傻傻地站在那里，无措地看着站在门外伸懒腰的林蔚曦。后来，他突然反应过来，快速捂住自己的嘴巴，生怕吓着她。

看见她，他很开心，可不敢笑。

林蔚曦却全然不在意，笑眯眯地向他走来："你比我要勤劳好多耶，我早上都起不来。"

他忽然注意到她右手拿着一瓶奶白色的液体，才意识到原来她早起是为了拿奶箱里的新鲜牛奶。他看着自己手上拎着的一大袋玻璃瓶子，突然有些难过。为了能够多捡几个空瓶子，他每天早晨都起得很早，阿婆根本没有时间为他煮早饭，此刻牛奶的醇香仿佛穿透了透明的玻璃瓶，朝他扑面而来。

"你吃早饭了吗？"

他诚实地摇摇头。约莫是他憨厚无措的样子逗乐了这个穿绿纱裙的小女孩，于是林蔚曦做了一个令人意想不到的举动。她快步上前，迅速将手中的牛奶放到他手里："不吃早饭对身体里面的肠胃不好哦！"

他还没来得及将手中的牛奶还给她，林蔚曦就朝他眨了眨眼，一溜烟儿地跑回房里。

整件事情发生得太快，以至于他还没来得及回过神去细细品味这份来之不易的温暖。

自己面容丑陋，镇上的小孩不是避他如细菌毒素，就是以捉弄欺辱他为乐。可她却不同，毫不吝啬地给了自己一个甜美的笑容和一瓶温热的牛奶。

这是他自秦阿婆后得到的第二份温暖，抱着那瓶带有余温的鲜牛奶，他忽然泪流不止。毕竟，就算再忍受再早熟，他到底也只有八岁，还是个从心底渴望温暖与关怀的小孩子。

自那以后，他就像个跟屁虫一样跟着林蔚曦。当然，他不敢光明正大地跟着，只是悄悄地躲在她上学的路上。偶尔捡垃圾时发现一些有趣的小玩意儿，也会像献宝一样偷偷地放在林蔚曦的家门口，等待她早晨出来拿牛奶时发现它们。

　　林蔚曦上课时，他就悄悄地蹲在她所在教室的墙角，一边听课一边等着她下课放学。遇上下雨天，如果发现她早晨没带伞，他就会跑回家去拿伞，然后等她放学时在人少的地方递给她。虽然每次她都会推辞，可最后却总会无奈地收下，然后关心地问他没有伞怎么办？她甚至提议两人共撑一把伞走到岔路口，可他总在她撑开伞时迅速跑开，一头扎进雨里。

　　就这样，林蔚曦成了他童年时代最美好的一个梦境，如同她的名字，她的出现就是他天空中的一束微光。

　　在他十四岁那年，秦阿婆因病离世，自此他成了彻头彻尾的孤儿。小镇上也开始发生了变化，他很难再靠捡瓶子来维持生活，因为小镇有了专门的环卫工人。

　　小镇的老房子基本上都被拆迁了，秦阿婆所住的那间小屋也在拆迁之列，可秦小瓶并没有得到任何补助，因为他不是本地人，没有户口，甚至没有人能证明他不是一个流浪汉。当年小镇上的人也已陆续搬走，大部分到城里安家立业。

　　林蔚曦和她妈妈也是，甚至于她们更早，在林蔚曦考上初中时，她们就搬走了。

　　那天，她们上了一辆黑色的小轿车。车里的林蔚曦拼命地向他摆手，他追不上轿车，只好看着那辆车载着发光的公主越走越远，然后成为一个小黑点，直到消失不见。

　　多年后，与新婚丈夫一起去香港度蜜月的林蔚曦在微博上晒了几张图片，微博定位是一个名叫丑趣的马戏团。其中一张图片里，有个穿着斑点服装、画着夸张笑容的小丑，正对着镜头咧嘴大笑。底下评论不少，大部分人都关注到了小丑那夸张的快咧到耳后根的笑容，说着化妆技术高超到令人毛骨悚然的程度。林蔚曦注意到一条评论："有没有人发现这个小丑的眼睛好漂亮，如果忽略掉嘴巴，只看这双眼，我都快陷进去了呢！"

　　仿佛被什么蛊惑一般，林蔚曦伸出手遮住屏幕上小丑的嘴巴，惊讶地发现，那双眼睛竟然有一种熟悉的感觉。她拼命地搜刮脑海里的记忆，却一无所获。

　　晚上，她做了个奇怪的梦，梦见很久以前自己和母亲待过的小镇。下雨了，她没带伞，有个小男孩固执地递给她一把伞。可惜他的面容极为模糊，隔着雨帘，她始终看不清。

# 好的爱情，是怎样的味道

很多时候，相遇是相爱的开始。有了相遇，有了心动，才有了期许的爱情。可我们真正想要的爱情又会是怎样的味道呢？

# 一

那日春光正好，窗外，沾染了校园中金桂香的微风，轻轻吹拂在 T 姑娘的脸上。下课铃声是那么悦耳。打开柠檬汽水时，D 君转身过来，少年白衫，酒窝浅浅。

T 姑娘接过饮料瓶，小小地抿了一口。

真酸哇！她眯起弯弯月牙般的双眼，朝他微笑。

习题册的背面，一幅幅用蜡笔勾勒的简笔素描，或侧脸或正颜，或一双长睫毛下星目闪动；或微笑或沉思，或一动不动地趴在课桌上睡觉。

无一例外，都是他。

T 姑娘托着腮，望着前面少年的背影，想着刚刚贴出的成绩单。君住长江头，我住长江尾。小小的一张成绩单，隔着天涯海角的距离。

彼时《恶作剧之吻》热播，可她还不敢做天才爱上笨蛋的白日梦。

喜欢，当然喜欢他啊，可她只敢偷偷地喜欢。

第二节课后休息时间有半个小时，她已经花了三分之一的时间发呆，胡思乱想。剩下的二十分钟只好用来惆怅，惆怅下节数学课老师继续讲述对她来说好比天书的习题。

随手拿过放在一旁的汽水瓶，却摸到一指柔软。

她诧异地转头,少年收回修长的手指,指着那张让她惆怅许久,入目处皆是红叉的数学试卷,眉目清扬,星光熠熠。

反正课间还有这么长时间,我帮你讲习题吧。

# 二

雨中黄叶树,灯下白头人。

灯已泛黄,心绪杂乱。灵感似有却无,提起笔来难成书。

邮箱里一封封退稿信,责任编辑意味深长的目光,邻居同事亲戚背后所谓的"白日做梦、不务正业"的冷嘲热讽……每每想起,心酸绝望漫过心头,L君唯有苦笑,几番弃笔后不甘心,又再次提笔。

将笔尖心间的每一个字句都印上飘着油墨香味的纸张,是每一个用笔耕耘者的梦想,他自不例外,只是这路有些坎坷得惊人罢了。

从前夸他文章好的先生兴许是看走眼了吧?书读得多了便也掂不清自己的分量,白日梦也做得有滋有味了。

"我大概是没有这个天赋了。"他对着黄灯喃喃自语。

闭上眼决心封笔时,鼻尖却嗅到了一丝香甜。

"你写文章太辛苦,我帮你熬了一碗红豆小米粥,刚刚晾了一段时间,现在吃温度刚好。"

抬眼处，笑意暖盈的妻子身穿素色睡衣，斜挽发髻，手中端着一个青瓷小碗，里面盛着玲珑似玉的红豆小米粥。

一下子，灵感与自信又重新涌入脑间心上。

# 三

"亲爱的，我不想喝药。"

桌上这杯冒着热气的感冒药，现在是 C 姑娘最讨厌的东西。她整个身子都蜷缩在羊绒被里，只露出小小的脑袋，闷闷地出声。

"但是你感冒了，只有喝药才会好啊。"

"我只是感冒而已，不喝药也会好的。你都不知道，这药有多苦，真的很难喝……"

"可是医生说你不仅仅是感冒，扁桃体也发炎了，所以还是得喝药的。"

"可是亲爱的，你都不知道这药有多苦，我喝了它会更难受的，你忍心看我受罪吗？"C 姑娘可怜巴巴地盯着他，努力地挤出几滴痛苦的泪水。

"我，我……"

看男友有点儿动摇，于是 C 姑娘又加了把火："我什么我啊，我只要喝了这个药就会特别难受，舌头难受，喉咙难受，肚子也难受！全身都不舒服！"

看着演技拙劣的小女友卖力地表演着，他心里觉得又好笑又心疼。然而，药是不能不喝的。

于是他耐心哄着，这边好不容易松口同意喝药，那边他便将苹果削好，换口的蜜饯果脯也早就备好。

有时，她会支着半个脑袋倚在床上问他："你为什么对我这么好啊？"

无关其他，他就是喜欢疼她，将她疼在心间。

世间万物，你是入眼的唯一。

# 四

E 姑娘在生日后的第二天收到了男友的分手短信，虽然她早已猜到了这个结果。

分手不一定是因为不爱了，分手的理由有上万种，一旦对方决定分手，那肯定是在他以后规划的日子里，不再有你。

男友要去加拿大留学，这事她两个月前便已得知，他也清楚她知道。

咖啡店里，她低头搅着咖啡，搅乱了咖啡师在卡布奇诺上精心制作的幸运草花纹。

他是喜欢我的，只不过不能保证这份喜欢在时间的考验下会不会变质，毕竟，昨日的那些温馨甜蜜体贴不是虚假。只是面对爱情，他过于理智严谨。

没关系，她知道自己不是小说里的赵默笙，所以不会奢求对方会像何以琛那样，对她七年始终忠贞不渝，情衷如一。

她有想过结局也许会是以分手告终，可这"也许"里难免落了一些侥幸和万一，也许奇迹会出现，也许他会等自己。

然而这结果没有任何可以欣喜的地方。犹记得那日收到短信时，她走在街上，外面正下着一场江南常见的绵绵小雨。

那时，她忽然意识到触景生情、见景伤情是真的存在。她明明打着伞，可雨水还是淋湿了自己的脸庞，那么凉，那么涩，那么咸。

就像养了许久的猫咪突然在人群中走丢，吃了很多年的砂锅店某一天突然关门大吉，用了许久存了许多照片的相机突然报废……

一直恋爱的彼此，突然分离。